"极光"世界华文散文丛书

袁勇麟　主编

灵的抒描

〔中国香港〕

彦火　著

海峡出版发行集团｜海峡文艺出版社

图书在版编目(CIP)数据

灵的抒描/彦火著. — 福州:海峡文艺出版社,
2023.12
("极光"世界华文散文丛书/袁勇麟主编)
ISBN 978-7-5550-3498-8

Ⅰ.①灵… Ⅱ.①彦… Ⅲ.①散文集－中国－现代 Ⅳ.①I267

中国国家版本馆 CIP 数据核字(2023)第 192699 号

灵的抒描

彦 火 著

出 版 人 林 滨
责任编辑 刘含章
出版发行 海峡文艺出版社
经 销 福建新华发行(集团)有限责任公司
社 址 福州市东水路 76 号 14 层
发 行 部 0591－87536797
印 刷 福建东南彩色印刷有限公司
厂 址 福州市金山浦上工业区冠浦路 144 号
开 本 889 毫米×1194 毫米 1/32
字 数 180 千字
印 张 12.625
版 次 2023 年 12 月第 1 版
印 次 2023 年 12 月第 1 次印刷
书 号 ISBN 978-7-5550-3498-8
定 价 68.00 元

如发现印装质量问题,请寄承印厂调换

总　　序

　　中国是个有着悠久散文传统的国度。作为一个文类，散文在中国文学中占有不可替代的位置。20世纪以来，尤其是第二次世界大战结束以后，欧美传统散文日趋衰落，难以为继，而当代华文散文却长盛不衰。无论是在中国大陆、台港澳，还是在海外，华文散文的创作都非常壮观，形成多元发展、共生互补的繁荣鼎盛的整体格局，堪称世界文学中一个独特的人文景观。

　　中国大陆、台港澳以及海外的华文散文，同属于中国文学的延伸。当代华文散文的发展，离不开历史悠久、传统深厚、成果丰硕的古代散文和日新月异、生动活泼、异彩纷呈的现代散文的滋养。正是在共同的民族文化精神和文学传统的基础上，不同区域的华文散文相互融合，博采众长，创造了在世界文学中一枝独秀的非凡业绩。

中国人移居海外已有悠久的历史，足迹遍布地球的每一个角落。他们不仅带去了中华民族的物质文明，也把灿烂辉煌的中华文化传播到世界各地。华文散文创作，也令人大有"天涯何处无芳草"之感，构成了世界华文文学中一道非常壮观的风景线。潘旭澜教授认为："在世界各地的华人中，散文一向受到充分重视。有很多文化人，将散文作为主要的艺术追求乃至毕生事业。不少学者、诗人、小说家、戏剧家，在各自的领域可以有更大作为之时，也将大量心血与灵性付诸散文。散文作者中，不少人学贯中西，有很高文化涵养，富有创造力。""社会、政治、经济、文化、教育、宗教、地理、风习的不同，文学的历程和处境各殊，造成了散文的丰富斑斓、情调迥异。"华文散文是在中国文学的母体中孕育诞生的，同时又是在不同的社会背景、生活环境、文学土壤中发育成长的，这就使得它们既具有与中国文学一脉相承的血缘关系，相同或相近的语言形态，隐含在语言之中的民族性格、心理、情感、思维方式，以及浮现于语言之上的道德规范、价值取向、人格理想、生活态度、审美观照，又呈现出与中国文学迥然不同的多姿多彩的独特风貌。

我与华文散文的渊源从何时结下的，连我自己都说不清楚。有时一个人凝视着满橱满架的华文书籍，有一种莫名的安定和亲近，好像感觉到如散文家钟怡雯所说的"与书神游"的状态："我通过文字开启深邃宽广的知识世界，同时释放囚在坛子里的书魂。"我能感受到藏在这些华文书籍中的魂魄精灵，那些浮游的心灵，孤独或者喧闹，平静或者焦虑，近在咫尺的呢喃低语，嘈嘈切切的此起彼伏，有种温暖和充实的满足。尤其是散文那种突显自由心性、传达主观体验的文类特征和从容自如、潇洒流利的文体特点，深深吸引着我。也许是缘于对个体精神和生命体验真实态度的偏爱，我逐渐将目光关注到华文散文上。当代世界华文散文有着显卓的成就，前有古人，后有来者，这条文学之途从未荒芜过，因为文人朝圣的心灵未曾干涸，正是这份心灵，一直以来感动着我，在最柔软的心房。

"海外"是一种状态，一种生存状态、生命状态和写作状态。世界各地都有华人的身影，他们有早期因灾荒战乱而离乡背井的艰难探索者，也有后来因求学交流而远涉重洋的孤零漂泊者。他们的故事或许不同，如一曲高低错落的多声部混杂交响乐章，但这其中一定有着一个主旋律，那就是身为华人的烙印——这个深入骨髓的印痕，总在异国他乡落叶纷飞、黄昏幕帐徐徐落下的时候，引发灵魂深处的悸动，于是他们用文字缓缓书写"人类的精神家园"（曾心）。我很难形容那是一种怎样的刻骨铭心，也许真的如彦火说的是以血代墨，"文学家所走的路，是殷红色，不是铺满蔷薇，而是像蔷薇一样的鲜灿的血——那是文学家淌血的路"。我只是在阅读的时候，在与那些文字相遇的时刻，感受到自己心灵深处的撞击，一声声，敲打着我，让我不由自主地走进这片迷园，聆听那番心声。

感谢海峡文艺出版社林滨社长邀请我主编"极光"世界华文散文丛书。华文散文因为它特殊的身份而具有某种程度上的疏离，于是也具有了更自由更任性的文学言说，它是在灵魂深处"与宇宙对话"（林湄），"可以让自己自由自在地飞翔"（朵拉），因此，"造就了独特的张力和自由思考的空间"（陈瑞琳）。正是这种言说，为我们提供了另一种风景，这道风景，永远具有独具一格的文学魅力，在人类的精神天宇之极烁烁闪光。

袁勇麟

2023 年 10 月 19 日于福州

目　　录

第一辑　文化山水

第二辑　流动情感

第一辑　文化山水

爱荷华心影

老人与河

我下榻的爱荷华招待所就在爱荷华河侧畔。它的地下是自助式的河边餐厅。餐厅的一面是大幅的透明玻璃窗，恒对着绿树和那一条绿得油碧的爱荷华河。

我每次在这间餐厅，一定坐到靠窗的座位，一边用餐，一边透视窗外的一切：阔叶绿树烁耀着杂驳的光斑，早上健步如飞的晨练者，中午三三两两在草地打盹和晒太阳的男女，黄昏中匆匆的脚踏车，和那一条永远逸静如处子的爱荷华河——任尔阳光的刺目、雨的喧扰、风的抚弄，她躺着如绝顶优雅风姿的淑女，那汩汩的清流，如一潭秋波的顾盼，只有柔情，没有幽怨，没有邪佞。

我每次用餐，都要喝一水杯的自来水。不知道这水是不是来自爱荷华河，那是甜的。因为威廉·布莱克说，"水越鲜越甜"。

用完餐，如果"国际写作计划"没有安排什么节目，我总爱沿着河畔漫步。

是初秋，河是平静的，水是明亮的。沿河岸有时可以发现一簇玛瑙色或琥珀色的小枫树，撩起水中羞赧的红霞；不然就是喧哓的杂样花，兀自招摇地晃腰；只有伟岸的橡树、妩媚的杨柳，可以荡漾河的波心。

沿河还有不少的马尾松，和一种结着累累猩红果实的小树。这种树遍布爱荷华，问当地的人，亦不知道是什么树。后来在华盛顿，张明明（张恨水的女儿）告诉我，那是"可狗实"，夏秋均会开出美丽的花。

每届下午，在爱荷华招待所的对岸，总有一个老人在垂钓。我经过那里，总是与他闲聊几句：

"嗨，钓到鱼了没有？"

"没有，——不，我相信不久会有。"

"你不换个地方吗？"

"不，谢谢。"

……

我在爱荷华的那些日子，始终未见这位老翁钓到鱼。他没有沮丧，也没有抱怨，一直痴伴着寂静的爱荷华河，矢志不移。

我想起海明威的《老人与海》。

落叶与松鼠

那天，聂华苓开车带我到她的办公室参观。在办公室大楼门前下车后，倏地袭来一股清劲的秋风，卷起零索的落叶。

聂华苓不禁失声喊道："今年的落叶来得真早，枫树还未染红，叶子已先掉下来，真怪事！"

九月的爱荷华，正是秋的光艳的一面。清风送爽，草木郁郁，只有枫树开始披上黄绿衣装。秋的风采焕然，活像一个晨练者，神采奕奕，还未变成脸红耳热的醉酒鬼。

当我走过大学办公大楼门前空旷的水门汀，耳鼓涨满聂鲁达的诗情：

> 从风到风，像一张虚空的网
> 我穿过街道与大气，来了又去
> 跟着秋天的君临叶子们四处流传的
> 新币……

一叶知秋。秋虽还未衰败如聂鲁达笔下所形绘的："在秋天的洞窟间破碎的额头"，"一千片叶子的死亡"。但秋已在走下坡路，则是可以意会的。

落叶虽意味着荒凉，却酿出一份凄迷的美。落叶与落红同是无情物，但可化作春泥更护花，它们同是壮烈的。

参观完办公大楼，落叶所激荡起的感情涟漪竟未散，而且越来越扩大，终至如涨潮般汹涌。

我辞别了华苓，独个儿跑到对岸去溜达。因为那边有一片树林，林下是一碧青草地，还有木凳、木桌和一座用松木搭成的充满野味的小屋，周遭阒无一人。

我踩着窸窣的落叶彳亍而行，忽地脚边响起簌簌的声响，定睛一看，才知是翘起尾巴的松鼠。

这里的松鼠很多。其实美国其他地方，甚至城市，松鼠的出没如路上的行人，目不斜视，因为它们是被保护的一群。爱荷华因是玉米仓，松鼠特别多。

松鼠的尾巴毛茸茸如一条粗苗的圆棒，而且常常向上反转，行动迅速伶俐，特别逗人喜爱。它好食果实、嫩芽、树皮，无疑是树木的损友，然而，它却能把过剩的食物贮藏起来，以备荒年之用，则未尝不是一种美德。

松鼠建巢于树穴岩石，享受着天籁禽音，可谓得天独厚。

我不禁艳羡小屋的主人，结庐在此，也可颐养天年矣！

我拥有一个水晶体

初到爱荷华，由于美国中部与香港的时差

达十三小时，晨昏颠倒，一时适应不来，每天凌晨四时便醒来。与其干瞪铜铃之眼，不如爬起床来，但拉开窗幔一看，窗外的天仍在恹恹沉蒙的梦乡。我盥洗完毕，便坐到书桌上看一阵子书。

五时许，天已破晓。我推门而出，绕过一园圃的地丁花、雏菊和不知名的一串串紫色小花，沿着爱荷华河畔跑步。

天空在浅灰色中已熹微。我慢慢地跑着，在千里外的异国小城的晨空下，我不期然想起何达的《长跑者之歌》。人生是一条漫长的跑道，每一个人都有一个起点，呱呱坠地形同一声起步的枪响，不管是龟、还是兔，或徐或疾，你都得迈开步子，只是有些人跑跑停停，有些人没有歇止。

我佩服长跑者的精神。

我跑着，踩着蘸满晓露的湿濡的小径，穿过如宝塔似耸立的洋松、山毛榉，跨越那一道纯白色的足音桥。

足音桥，不知是谁起的名字。远看它如横

跨爱荷华河的一道雪白的冰雕的桥，在阳光下熠熠生辉。踏足在它的上面，晃荡着足音和水的流响。

我几乎已溺爱着这一道玲珑的小桥，每天都要跑到它的上面一两次。

我喜欢一边跑，一边掂掇挂满露珠的小树，或跨进柔翠得如碧毯的草地，甚至跑到临水的河边，看水中鱼跃的一道银粼粼的闪光和圆圆的旋涡的聚与散，河淌着，如胸膛的起伏，我仿佛触到那微微的柔和的气息。

日光灿然，把这小城雕琢成一个剔透精致的水晶球，虽不宏丽堂皇，但却纤巧秀媚。我从清澈的爱荷华河，捡起这个水晶球，不玷尘埃。

我在幽明的空间跑着，除了偶尔碰到一二青年男女迎面跑来，我便拥有这一切。像梭罗在《湖滨散记》所说的：

"我赏心悦目，像一个帝王。谁也不能否认我的权利。"

十年后的爱荷华

夜雨下的爱荷华

重返阔别十年的爱荷华，原是一桩很感动人的事。从水覆山环的太平洋烦嚣的大都会，历廿四小时的航程，万里迢遥地跑到美国中西部地广人稀的玉米产地及爱荷华河畔的大学城。

抵达离爱荷华城半点钟距离的 Cedar Rapids 机场时，已是当地时间晚上十时许。舷窗外，沥沥不绝的雨下得淋漓，不是秋季，那淅淅如豆的雨，岂是久别重逢的眼泪吗？

爱荷华用涟涟的泪雨迎接我这个远方来客，挟着丝丝的寒气。我问载我们的司机，这不是夏天吗？女司机说，这几天有点反常，往年此时，已很苦热。

也许是欲喜还嗔？

我从车窗内瞪着双眼，努力想从漆黑的夜雨中，窥探两旁无垠的玉米田。

我对第一次踏足爱城的妻子说，道路两旁都是玉米田。她望着黑色的夜想象着黄澄澄的景象。

两个已在爱城读书的女儿说，现在玉米早已收割了，玉米地空荡荡的。

我还痴痴地想着超级市场鲜玉米的脆嫩和胀满得如奶妈双乳的玉米粒。

还有，保罗·安格尔在炭火上烤玉米的香气。我冲动地对女儿说："明天我们购玉米去！"

我一时竟说不清楚我对爱荷华的眷恋，是因为爱荷华的人——聂华苓、保罗·安格尔和友善的人们，还是因为爱荷华的地理、人文，甚至爱荷华河和玉米。

不管怎样，连这一次，我曾去过三趟。其中一趟除了参加"国际写作计划"活动，还在爱大念了一年书。

当我返回港岛，又千里迢迢地把两个女儿

送到这个遥远的小城。

静美的足音桥

暌违了十年的爱荷华，依然是安娴的处子，很静美。

十年人事几番新。想想十年前后我们身处香港的变化，那才够翻江倒海！

十年后的爱荷华河水被浊溷的尘世所侵，虽然有点混，还淌满绿——沿岸的雪松、三角枫、山毛榉、地丁花，倒映在爱荷华河的波心，在熠熠的夏阳下，恍如绿水晶滴溜溜地诱人。有时我真分不清，这是一匹大绿的缎子，还是大自然巨匠织下的绿毯。

几场急骤的夏雨后放晴，爱大的学生已绾不住那躁动的心，男的上身脱得精光，女的穿着性感的比基尼泳装，在蓝莹莹的苍穹下，干脆裸着雪白的背部，倒伏在草地上，让赤阳的热唇狂热地舔印和轻风任意地抚拂。

我感不到夏日的咄咄，以为是春光乍泄。

那一道横跨爱荷华河的纯白色的桥，一端

是爱荷华大学学生大楼，另一端是艺术大楼，诗人杨牧给起了一个澹美的名字——足音桥。

我在十年前的一篇文章中曾讴歌过她。十年后，我漫步桥上，谛听桥上的足音和桥下的流响。

"我苦想不出更好的名字。"我曾告诉过杨牧。

这回我发觉，不光是名字好，还有声音、形象、意境，那是属于纯诗的境界了。

十年前，我常常偷空跑到学生大楼的河畔餐厅，拣了一个靠河边的座位，从通透的玻璃窗，凝望黛绿的河水，青青的草木中心簇拥着皑亮的足音桥，它是绿色世界的骄子。

十年后，我特地跑到河畔餐厅，在那里看河、看树、看足音桥。

十年前的年轻的我和十年后的中年的我，在时间嬗变中，足音桥是依然的率真与自信。

诗祭

今夏，爱荷华历经了几场暴雨洗劫，颜容

有点憔悴。

在爱城的一周，雨下足五天，只有翌日和临离开的一天是放晴。爱荷华河满涨几近岸边。聂华苓有点担忧地说："雨再下下去，爱河要泛滥了。"

到埗是深夜，雨彻夜呜咽不绝如缕。起个大清早，我对聂华苓说，我们想去拜祭保罗·安格尔。

这位被誉为美国诗坛新的声音的爱荷华"国际写作计划"的创始人（与聂华苓一起创办的）、爱荷华大学"写作坊"的发扬人（在他手上发展、壮大），在1991年3月的行旅中遽逝。

1991年2月，我跑到马尔代夫度假，返程途次斯里兰卡，曾特地给他选购了一个具斯里兰卡民族色彩的面具（他是面具的收藏者）。甫返港，即听闻他的噩耗。

今次，我随身携去这个面具，供置在安寓的饭厅——他常在这里喝酒谈天，看后花园觅食的鸟只、野鹿、浣熊和野兔的出没。

我们携了一束鲜花，来到一处树林掩霭的

青草地，那里是一个清幽的墓园。聂华苓的车子在墓园蜿蜒穿梭了一会儿，才停在南边的一块挨近树林的草地旁。

一块黑色乌亮的圆形大理石墓碑，立在湿濡的青草地上。正面雕刻着反白字"ENGLE"，其下左边刻着"HUALING NIEH, 1925-"，右面刻着"PAUL HAMILTON, 1908-1991"。背面有两行英文诗"I Can't move mountains, But I can make light.——Paul Engle"，意思是我不能移山，但我能发光。

华苓说，这两句诗是她从保罗·安格尔的诗集中撷取的。

她说，墓地方位，正翘首着自己的家园，右边是树林，有动物出没，就像安寓的后花园；前面有住家，有孩子，保罗是最喜欢孩子的。

我们在墓地默哀、鞠躬、献花，默祷着："安息吧，Paul。"

与此同时，我想起杨牧援引过的诗：

脚步声在记忆里回响

向我们从来没走过的路踱去

朝一扇我们从未开启过的门

进入玫瑰园，我的言语就这样

在你心中回响着……

——艾略特

神秘的号手

在安寓的第一夜，辗转难眠。

朦胧中，我仿佛听到楼上保罗·安格尔的脚步声。

该是早上了。安格尔起床了，把咖啡豆研成粉，用特制的咖啡壶煮咖啡，然后读报、再后是打字——也许是写信，也许是写诗——谁晓得！

在屋的另一角落，倏地响起某种乐器的声音。那是惠特曼笔下《神秘的号手》：

听，有个狂热的号手，有个奇怪的音乐家，/今夜无影无踪地在空中飞翔，吹奏着变幻莫测的曲调。/我依稀辨出是欢乐的狂喜，或痛苦的怒号。

那曲调酷似保罗·安格尔的性格：极爱和极恨。

他爱，是全然投入，是炽烈的火焰，如严冬北方炕下的炭火，要把人间的寒气驱走；他恨，如吐着巨舌的凶猛狮子，要把世间的豺狼啮咬掉。

翌晨起床，我对妻子说，昨夜我梦见保罗·安格尔。

妻子说，在这间屋里，我常常有一种强烈感觉，似乎保罗·安格尔近在咫尺。

我把梦境给聂华苓复述一遍。她告诉我，于她来说，一切都没有改变。她领我去看保罗的书房，打字机依然固守在那里，书桌上的打字稿、打字纸、笔，墙脚的那一双有点裂口的旧拖鞋，都依着安格尔生前原样摆放着。

其他如客厅、饭厅，甚至茶几上的摆设，也没有挪动。

茶几上放着的是他逝世前翻阅的书、报，其中包括1991年1月30日的《纽约评论》和他自己的中文译著《美国孩子》……

华苓说，所有这些——属于保罗·安格尔的旧物、旧陈设，都不会改变。

他与她同在。

山翠拂人来

聂华苓的家——一般人称"安寓"，韩国诗人许世旭兄称作"四海苑"，因为它的"阳台上常搬来一个地球／来自四海的浪人／嘻嘻哈哈地浪荡、浪荡"。意喻这里经常有来自世界各地的作家的聚会。

安寓坐落在一个小山丘上，俯瞰爱荷华河，背面、左右两边均是树林。

我曾在那里住了一个暑假，与许世旭兄形绘的相反，是"秩秩斯干，幽幽南山"的另一番况味了。

安寓有山，有水，举目满是绿树、莳花、蓝天，倾耳盈响着鸟鸣、虫声，与"幽幽南山"

不遑多让。

安寓高踞小山头，视野开阔，越过眼下一圈圈绿浪的树海，远处的爱荷华河如一条粼粼的腰带，似近还远。

安寓之下是一条颇陡斜的蛇形小路。春夏之交，走在夹道绿树的浓荫下，加上蝉鸣、鸟啭、花香，我喜欢徒步当车，享受这一清凉世界。

漫步这小山道，恍惚间如荡入"江南道中"，颇有吴嵩梁"一路野花开似雪，但闻香气不知名"之感。

看爱荷华的春色（包括夏景），只有五个月，其余的超过半年是枫红落叶的秋色，和白雪皑皑的严冬。

初雪的小山路，如一条蜿蜒而下的小白龙，白茸茸的泼剌。初雪下过后，山路结起冰，滑溜溜，湿濡濡，很难沾边，有道是坚冰胜石。我也曾在那里跌个四脚朝天，连连呼痛。

这次，重临爱荷华，连绵大雨下的小山路，两旁草木洗濯得更青翠滴溜，却又是另一番感觉："山翠拂人来"。

野鸭的歌

在爱荷华勾留期间，留下印记颇为深刻的，是爱荷华河畔的那一群悠然的过客——野鸭。

说是过客，因深秋后以迄初春，有半年的光景，它们便遁得无影无踪，要待到雪融河清的时候，它们才翩然重至。

去时了无痕，来时杳无声，因为它们在，你才知道它们来，因为它们的踪迹绝灭了，你才知道它们去之渺渺。

像定期省亲，不必预先捎报信息，像定期休假，也毋须道别。

它们准是爱荷华河的亲人或情人，如果没有它们，爱荷华河该多寂寞！

几乎到过爱荷华或住在爱荷华河畔的人，没有不曾饲喂过它们的。

它们是参加过爱荷华"国际写作计划"的中外作家的宠儿，晨光曦微或夕令昏黄，操着不同语言的作家，不同肤色的人，携来面包屑，一径地往河中撒去。

它们见到吃食，便摆动着肥硕的身躯，像不倒翁似的向你晃来，一点也不生分，反而雀跃得像久别重逢。

十年后，我与妻与女儿特地跑到爱荷华河畔去寻鸭踪。

6月初，爱荷华早晚仍有点凉意，气温徘徊在10摄氏度左右。但它们已不畏寒地在河畔恭候多时了。永远不慌不忙，那么平和，我们还一一与它们拍了合照。

对野鸭知识不多，返港后，特地翻查了屈大均的《广东新语》，在《野鸭》条介绍如下：

> 野鸭比家鸭稍小。色杂青白，背上颇有文。短喙长尾。卑脚红掌。性肥而耐寒，常入水取白蚬食之。又名蚬鸭。重阳以后立春以前最可食，大益病人。……十月南风白蚬肥，纷纷水鸭掠船飞。一名水鸭……

最忆门前蔬

现代人在急管繁弦的生活节奏下，无不憧憬着宁谧平和的世外桃源。

作家白桦有一部长篇小说《远方有个女儿国》，高行健也有一部长篇小说《灵山》。小说外有没有真的"女儿国"和"灵山"的澹雅的世界？

这个世界有没有一个世外桃源？

牧歌式的田园生活是惬意的。在爱荷华的几个文人的家，便尝到地道的菜根香。

一次是在谢正光教授家做客，一次是在吕嘉行家做客。

谢正光在 Grinnell College 教书，那是一家小而精的贵族学院，离爱荷华城有大半点钟车程。他家就在大学附近，菁木郁郁，屋前是青草地、大雪松、正光夫人自造的雕塑。屋后他辟了一畦菜地，种植蔬菜，如芥蓝、菜心、豆苗。

他特地设家宴招待我们一家人。除了正光

夫人的自制捻手小菜，如熏鱼和海蜇皮冷盘，令人难忘外，最是齿颊留香的，是正光亲手下厨的牛肉炒豆苗。因豆苗是现摘现炒，格外鲜嫩可口。

下厨前，正光带同我与小女儿蹲在菜地摘豆苗，使我恍如通过时光隧道，勾起童年在闽南家乡与母亲在荷兰豆棚架下摘豆苗的情景。

田园生活对繁忙大都市的人来说，已难以寻觅，却在现代化的美国中西部的小镇梦幻成真。

那一天在吕嘉行家的吃食，便有吕嘉行自己钓的活河鱼，在自己菜田种的枸杞滚汤……那种闲适生活，与都市人迥异。

眼下返到城市里的我，想起菜根香的日子，倏地想起两句诗"最忆门前蔬，闲居手自栽"（唐·刘长卿《酬秦系》，原诗是"最忆门前柳"），仍然怔忡大半天！

别有天地

问余何意栖碧山，

笑而不答心自闲。

桃花流水窅然去，

别有天地非人间。

——李白《山中问答》

这首诗颇有出世思想，与乎陶渊明的"白日掩荆扉，虚室绝尘想"的幽逸，具有异曲同工之妙。

我也曾问过聂华苓，为什么不迁出爱荷华这个小城？她说，虽然她的两个女儿都请她去同住，她还是喜欢目下的山中居。这原是她与保罗两人的世界，保罗已逝，她还是喜欢那一份清逸。

后来，爱大的陈炳藻教授带我们去参观他在近郊的新屋，令我们为之心驰神往。

那是一块有六亩大的草地，掩霭在苍郁的

林木中，附近方里内，不见炊烟。这是炳藻找遍了爱荷华近郊才发现的清幽地，他把它买下后，再斥资建房子、修葺花园。

炳藻是属于单身贵族，结庐野外，独居独处，执教鞭之余，只有一条狗伴着他。

炳藻惠赠《就那么一点黯红》小说集，内里多的是探索人生困境的抒描。我不知炳藻是否因人生困境，而萌出世的思想；或是返璞归真，像东坡先生晚年效仿陶渊明，锐意回归自然，有道是"梦中了了醉中醒。只渊明，是前生。走遍人间，依旧却躬耕"（苏轼《江城子》）。

当年苏东坡在黄州任上，结交渔樵，过着顺天应命、定心抑志的生活。他躬耕陇亩，过着隐士般旷达无忧的日子，回想起来，恁是写意！

我不禁怦然心动，曾要炳藻带我去看爱荷华近郊出售的房子。

纽约的人、事

　　从哈佛大学剑桥校园充弥书卷气和欧陆风格的建筑群中钻出来，回眸眺望那条波光潋滟的查理河，很像一条被切断的脐带——河的这一岸是盈溢着母体的气息、令人仰止的文化堡垒，河的对岸是已经被现代异化了的美国都会，是那么壁垒分明，只是一水之隔，却有一种咫尺天涯的感觉。

　　我来不及细味这两者之间的兼容和天差地别的因缘，便火燎火急地投身纽约——远离查理河另一岸的大都会。

　　从波士顿乘飞机到纽约的 Newark 机场不到两小时。来接机的是二十年前我在纽约结识的一位久远的朋友——林缉光兄。他画画、开餐馆、收藏古董，过着 Newyorker 的上层生活。

当年我在美国过着的是关山万里一孤鸿的刻苦留学生涯。读书打工之外，经常在他开于黄金地带曼哈顿的高级中菜馆——一碟盐和开在苏豪区的 O'Ho Sho 酒吧内打牙祭、喝酒谈天。当时在一起的，还有画家姚庆章、诗人秦松、《华侨日报》副刊主编王瑜，几乎是隔周一叙。他非常热情好客，我们每次酒酣耳热，月旦古今，纵论天下，有时他也会拨冗加入，我们白吃白喝之后，拍拍肚皮作鸟兽散——各奔前程，他还往往亲自送到门口。这次见到他，还是衣冠楚楚，一派绅士风度。

我甫上车，他便提起老友姚庆章的逝世，我们一阵沉默后，不胜唏嘘。姚庆章是纽约超写实主义的画家，用笔精细如工笔画，把纽约的都市风情一一入画，包括纽约街道、建筑，都在他笔下延伸。

20 世纪 70 年代，姚庆章从台湾移民纽约。曾醉心抽象画的他，对于纽约大厦玻璃幕墙所折射的现代都会的芸芸众生和诡异变幻的情调，格外感兴趣，他觉得超写实主义表现技法，最能发挥于万一，所以他便改变画风。我曾在姚庆章在百老汇的苏豪区寓所，看他坐在一台可按钮升降的电动梯上，猫着上身一笔一画地细描，他调动一切艺术手段，往往把油画、水彩、版画、彩笔画四种技法并用于一身，由于构图复杂，他要花一两个月甚至更长的时间去完成一幅作品。姚庆章第一幅作品是《蓝十字大楼》，他把四十多层高的蓝十字保险公司，缩于一方画布上，除建筑物的原貌外，还有从建筑物墙幕上反射的其他建筑和人事。一幅画的完成，熔铸了他几许心血和毅力，还有他的功力和缜密的思考。

姚庆章居住纽约时间一长，纽约的里里外外，都了如指掌，其作品深得纽约神韵。在纽约画坛，他与当年夏阳、韩湘宁等人齐名，为人热情慷慨，喜欢帮助留学生，可以说朋友满天下。他的夫人很能干，开服装店，也擅持家，使姚庆章没有后顾之忧，可以专心致志地弄艺术这种高尚又不赚钱的玩意儿。近年更是频频到内地讲学、教画，乐此不疲。可惜未到六十岁的他，便因心脏病遽然而去。林缉光说，他患有高血压，劝他服药，他怎地不肯。他一直感觉良好，觉得他大半辈子已风光过、快活过，孩子都长大了，有的当医生，有的当律师，此生无憾。可以说，他虽活得短暂，但却充实多彩，所以他可以走得很潇洒。我们一干朋友只好希望他在另一个世界也活得开心。

犹记得，当他的孩子仍幼小的时候，他们夫妇出外乘飞机、搭船，都是先后班次的。他说，万一遇到意外，还有一个人照拂孩子，不会让孩子成为孤儿。其实，外表乐天的他，却充满忧患意识，这正是现代人的一份无奈。

姚庆章的画作和他本人，是开启我认识纽约的序幕。正如秦松对他作品所描绘的：

夜是一切色彩的总和，
我等在海的漩涡，
种植风景外之风景。

无疑的，姚庆章种植了纽约"风景外之风景"！

华厦背后的一缕苍凉

纽约有三个机场，我乘坐的班机抵达的纽约国际机场 Newark，是坐落在新泽西州，不在纽约州。从 Newark 出来，满目是春夏之交的景致：一泓郁绿的树海，如星火般在绿绒上闪烁的斑斓的花树。那是一个人烟不太稠密的地方。新泽西就在纽约州的对岸，中间横亘着哈得逊河，像香港岛与九龙半岛一样，中间隔着一汪水域。我们从一条老旧的河底隧道钻出来，便到了纽约市。

在对岸的新泽西看纽约，就如从九龙看香港岛或从香港岛看九龙，视野豁然开阔，纽约耸厦林立，历历在目。与我二十年前所见的最大不同是象征现代纽约荣耀的世界贸易中心在视帘上消失了，只剩下孤零零的旧帝国大厦，见证纽约的沧桑岁月。

唉，纽约变了！一瞬间我竟说不上纽约是变好了，还是变坏了。

友人说，纽约治安好了、干净了。

过去的街头醉猫敛迹了，流浪汉也难得一见。各主要建筑物、街头街尾和地铁主要出入口，都有警察站岗，三五成群。过去纽约地铁一景——甬道墙壁和车厢内外无处不在的涂鸦不见了，还有地铁通道那股让人欲呕的气息没有了。

友人有点反讽地说，纽约的新社会秩序，竟是在世界贸易中心的废墟上建立起来的！

昏晚时分，我跑到纽约大学前的华盛顿广场溜达，才发现华盛顿广场比前宁谧多了，只有几个校园歌手在弹吉他或吹萨克斯。在广场中央已干涸的水池边和条凳上坐着谈天说地的友人和在说情话的男女。华盛顿广场铅华洗尽，只有广场正门的仿凯旋门牌坊侧伫立的华盛顿汉白玉雕像，仍然目空一切。那一夜，我在华盛顿广场和纽约大学的校园流连大半天。我曾在这里待了七百多个日夜，遗下求学时杂沓纷繁的足迹，过去所熏沐的那份熟悉的气息，当下已难以分辨了，脑海竟是空蒙蒙地苍白一片，说不上是悲还是喜，也说不上是悲欣交集。

还有，我们一干文友的落脚点，原来画家、文化人出没的苏豪区，已焕然变成名店林立的所在。这一区的建筑，早年都是大货仓，20世纪六七十年代货仓迁到郊区，这些被丢空的货仓，因为楼底高、容积广，业主便以低廉的租金，租给画家做画室。这一带的建筑，很多是楼上做画室，楼下做画廊、酒吧、咖啡馆，画家趋之若鹜，很快便发展成为艺术气息漫溢的天地。这一地区由画家拓荒带旺之后，名店逐渐侵入，租金水涨船高，画家只好功成身退。眼下的苏豪区的名字，已不再与艺术家联系在一起，她成了商业味很浓的黄金地带。

纽约繁华地区四十二街和时代广场，原是精英文化与低俗文化的杂交地，精英文化如《纽约时报》《时代》等等遐迩国际的出版物总部都设在这里，这是文化重镇的所在。其间穿插着五步一阁、十步一楼的情趣店、小电影、真人秀，也是扒手、骗子、毒贩、瘾君子出没的地方。二十年后这一带变得更浮华、扰攘，市容也整洁了，新建不少高楼大厦。大厦幕墙上是五光十色的巨型霓虹灯广告，上演的都是名牌商品的广告，原来那些贩卖色情 VCD 的店铺，都被挤到小街窄巷。四十二街一带灯火璀璨夺目，形同白昼，流连其中，倒有点像走在东京的银座，途人都变成这些人造的、庞然大物的商品怪兽脚下的一只只蚂蚁，微不足道。

原来麇集在华盛顿广场的街头画家，都跑到这里来了，一帧人像速写（大都是 Q 版的）或喷漆画，一口价是五美元。纽约的生活水平大大提高了，画作比起二十年前却便宜得多了。这是华厦背后的一缕苍凉。

到大西洋城看落日

纽约不变的，是市区的老唐人街，从 Cannal St. 地铁站出来，迎面的还是那一幢赭红色的孔子公寓排楼，大楼前的墨黑的孔铜像，阅历了无数人间苍凉，他眼下的街道脏和乱依然如故，从而保留了一角二十年前旧纽约的昔日风貌。

满目的中文字招牌，倒予人一份他乡遇故

人的亲切感。这些招牌，大都是餐馆、饼店、珠宝首饰店，街角摊贩卖的是水果、女性饰物、假名牌手表、廉价衣物，这一框风景，竟与北角马宝道有几分相似。

由孔子大厦出发到大西洋城赌场的穿梭巴士，依然每小时开一班，去时驮一车兴冲冲的横财梦，回程满载的是失意而疲惫的躯体和呆滞的目光。近年新增加了到康奈尔赌场的巴士线。

康城的赌场除了像大西洋赌城有免费筹码派发外，还有一顿免费午餐作招徕，华裔居民省吃俭用之余，却乐此不疲。也不知道什么时候，"聪明"的赌场老板以小恩小惠的免费筹码和午餐作饵，从赌徒的腰包掏走的是一捆捆注满血汗的钞票。

当地的一位华人报人半开玩笑地说，老唐人街的不少华人，难得出门，但谈起康城赌场和大西洋赌场，都耳熟能详，津津乐道。有些老人家反正有的是时间，如果有定力的话，拿到免费筹码，到赌场赌一二手以为怡情，再吃它一顿免费午餐，然后在赌场外逛逛或晒晒太阳，再施施然搭穿梭巴士返来。来回车费所花也不过十美元，其实也蛮写意的。

康城赌场设在山上，除山色之外，没有什么可观的。倒是大西洋城，是一个美丽的海滨城市，濒临大西洋，有广袤的海岸线。置身其中，有一种海阔天空任鸟飞的豪逸。二十年前，在放暑假的时候，我也会乘坐两个多钟头的穿梭巴士，去享受阳光与海滩。

这次赴纽约，当地朋友也撺掇我偷空去休憩一下。那里酒店便宜，房间又开阔。我下榻的坐落于纽约州四街的小酒店，房间只够放一张床、一台电视机，每天也要一百五十多美元（合港币一千二百元），不包早餐；大西洋城豪华如万豪酒店，也不过是一百美元上下光景，还包一顿丰盛的早餐。

这次我特地跑一趟大西洋城，订了万豪酒店。万豪酒店果然气派不凡，坐落在海滨。酒店在正门的前沿搭了一条蜿蜒的木造桥伸向海滨。

眼下的一泓海滩，于蓝天碧海中间延展，在澄亮的阳光照耀下，恍惚是在大海与大地之间绾上一条皑亮的腰带。那天风大，海浪有种汹涌的气势，雄厚有力，前仆后继。波浪涌起处，像一座座堆起的小山丘，一重叠一重，伴着怒号的吼声卷来，来势何等汹汹！但，一旦触到娴静的沙滩的柔软雪白的胸脯，便溃不成军：翻起白眼、吐出一堆堆白沫，颓然而退。目睹这一大自然的奇景，我憬然而悟到以柔制刚的真正威力！

下午的海滩阳光炽白，因了清劲的海风，一点也不觉得亢热。偌大的海滩只有三三两两的游客。大多数游客都沉醉在呼卢喝雉之中，竟辜负了这一罕见的美景，令人惋惜。

从酒店的临海房间，透过窗棂，可以看到大西洋诡幻瑰丽的落日。当夜幕来临之前，天际上演了一台台威武雄壮的落日舞台剧：先是海水被红日晕染成橙红、暗红和紫色，波涛被余晖所折射，不断喷出银晃晃的图案，光华灿烂。天际的云层也渐次由橘红、大红、紫红的色彩变幻着，最后随着落日下沉而慢慢消退。落日下沉一段光阴之后，倏忽回光返照，又在邈远的海天之交，曳出一线炫目的晚红。

我想，单是从纽约跑到大西洋城去看这一趟的落日，已不虚此行了！

"对我格外美丽"

踏足纽约的街头，虽然迎面是二十年后纽约的新景观，但我的脑际一直浮现二十年前一幕幕亲切的往事。活像英国作家劳伦斯当年一样，他在俗世的羁绊和挣扎中，耳畔仍然回响童年那一首新教徒的赞美诗——"每只温顺的鸽子，/ 每根低吟的树枝。/ 却使那宁静的夜晚，对我格外美丽。"

童年太邈远。我只想抓住二十年前、记忆风铃中的飘忽裙裾——羼杂在留学生涯中所盈溢的那一缕缕苦涩与蜜意的芬芳。

甫抵纽约，我就打听国画家朱晨光兄的行踪，已与他失去联系多年了。是他代我在Elmhast区一个柬埔寨难民居所，租赁到一间十分便宜的房间。在那里，我度过两年多的艰难而难忘的岁月。那是只可容纳的一铺床、一张书桌、约五十英尺的房间，每月只需付二百美元（水电、杂费全包）。租客除了我，还有一对华裔中年夫妇。房东是一个年轻的厨子，在新泽西唐人餐馆打工，经常不回家。房东太太约莫三十岁光景，个子不高，略肥胖的体躯，是一个典型的柬埔寨华侨妇女：节俭、克己、耐劳、对丈夫唯命是从，育有一个刚可蹒跚举步的女孩。房东太太为了省电，往往跑到骑楼借街外的光线做针黹。作为租客的我们，也被严禁白天开灯和被勒令节约用水。那对华裔夫妇经常违规，最后被撵走。我因早出晚归，自然被视为安分守己的良民。我的房间是没安锁的，所以我不在家时，房东的女儿经常跑到我的房间撒尿和捣乱。每天返家，都要大肆洗刷和整理一番。

房东太太没念过书，不谙英语，只会讲金边话和潮州话。她的女儿有一次半夜癫痫，她的丈夫又不在家，她便喊醒已沉入梦乡的我，要我代她叫救护车。结果救护车风驰电掣不旋踵地到来，枯候了大半点钟，她才抱着女儿施施然落楼。我被救护车司机骂得狗血淋头，说这一耽误，不知有多少条人命失去救治机会，无形中，我简直是凶手云云。我被数落得哑口无言、脸红耳赤，忙不迭再三道歉。陪房东太太到了医院，经过一番折腾，直熬到了天亮才回家。房东很花哨，他把辛苦攒来的钱购了跑车，新车落地才几天，在深夜出了车祸。房东太太又要我陪她去医院看望丈夫。她一见到躺在病床上的丈夫，便恸个不停，伤心欲绝，其实她的丈夫只受了点轻伤！

当时我在一家华文报章兼职编一本读书周刊，我在那里认识了另一个她。她的母亲刚逝世，父亲娶了一个年轻的上海姑娘，她一个人照拂弟弟生活。母亲大概留下了一点产业给她。她有一次跑到编辑部找我，说她很喜欢读我编的周刊。后来有一次，她购了一辆新车，说想将来给弟弟读大学用，因纽约太多车，她不敢驾驶，现在摆在那里也挺浪费的，不如借给我用云云。后来我便开了她买的车在纽约横冲直撞，偶尔周末也瞅空驾车到 Long Island 或 Coney Island 去游泳。

有一个学期，刚考完试，因熬了几个通宵，突然发高烧，患了重感冒，整个人天旋地暗，四肢酥软，连下床也乏力。因住得偏远，纽约的朋友都很忙，只好给她挂了一个电话。她下班便远道从市区乘了近两个钟头的地下火车赶来，捎来了面包、方便面、蒸馏水、水果和感冒药。打从这一天开始，她每天下班便搭车赶来，打发我吃食和服药后，深宵又赶回家。经她悉心照料，我很快便痊可。在纽约大学最后一个学期，我刚论文答辩完，便接到她的电话，说她在大西洋城一家酒店订了房间，让我到那里度一个周末，休憩放松一下，所有的开销都已通知酒店入到她的信用卡。不由我分说，她已挂断电话。想不到才二十岁光景的她，立身处世磊落大方，别有一份曾经沧桑的刚毅和豪气。临别，她送了一枚美国开发西部的纪念金币给我做纪念。

我返回香港后，彼此只通了几次电话，之后便失去与她的联系。

二十年后，很想重温一下记忆中残片那一框框亮丽的风景，却找不到朱晨光兄——他到扬州去了，但我怎地找不到记忆中的那栋老旧而熟稔的楼宇。至于那一个她，因报馆的解散，大海茫茫，更无从寻觅了。也许过去的人、事，只合该留在记忆里，在这一个宁静的夜，"对我格外美丽"！

乱中有序的都市

美国是一个伟大的国家，它不会骤然变得不伟大。我身心的某个部分将永远意识到美国的存在。

这是英国作家劳伦斯在谈到欧洲人对美国的观感而后得出的结论。我想，对一个伟大的城市也可作如是观。在我倥偬的人生历程中，纽约在我的身心中是占有着一个不可或缺的地位的。

过去，很多人写到美国和纽约，但像欧洲作家那样具有深刻的认识和体悟的却不多。许多人都只写它的仪表，很少涉及它的灵魂。法国作家和思想家萨特，对于美国的大城市也有独特而客观的见解。萨特在《美国的都市》一文中指出：

> 纽约和芝加哥的摩天大楼都建在私人的土地上，影响了该城的秩序。然而，不管这些摩天大楼建在什么地方，都显得不很适当；我们的眼光简直无法在这些庞大而笨拙的建筑物和紧贴地面的小房子之间寻找到那种和谐之美。因此，我们便不由得想寻找在欧洲都市中见惯了的地平线，但又无觅处。这就是欧洲人最先会感到有如穿行在乱石瓦堆的世界之故——有些实在像旧蒙彼利埃——而不像个城市。

萨特并不同意一般欧洲人对美国城市的看法，他觉得美国都会自有它的引人之处。他把欧洲和美国的街道作了以下的比较：

　　在欧洲，街道介乎于通道和盖有屋顶的公共场所之间，跟餐馆的屋基相齐。每逢天晴气朗的时候，餐馆的走道上便摆满了许多露台。人既然是街道的主要部分，因此欧洲的街景便随着人群的流动而一日百变。美国的街道就是部分的公路，有时延伸好几英里，不会引起散步的雅兴。而我们的街道迂回曲折，到处都有弯路和隐蔽的去处。美国的街道有如单调的直线，简直可以一览无遗，毫无隐蔽可言。不管你在哪里，你都可以把街景尽收眼底。同时，美国都市的市区范围较大，不容许徒步走动；在大部分的都市里，居民几乎都是驾车、乘公共汽车或地铁出门。

　　萨特从这一对比中，得出欧洲都市与美国都市的优劣——

你终会爱上这些都市的共同特征：那种暂时性的外观。欧洲的城市漂亮而封闭，着实有点令人感到窒息；那曲折环绕的街道简直令人产生撞墙的感觉；而一旦身处城中，你便无法再看到城外的一切。然而，这些畅通无阻、又长又直的美国街道和运河一样，会把你的眼光带出城外，饱赏郊野景色。因此，不管在哪里，你都可以在街道的尽头看到连绵的山脉、广阔的郊野和茫茫的大海。

中外名家对包括纽约的美国都市的描写，汗牛充栋。但是像劳伦斯、萨特一样具有独特视角的，却是阙如。

不管怎样，美国都市比起欧洲或东方都年轻得多，唯其如此，美国都市人的心态也相对年轻。好比纽约，也是效率很高的城市，但纽约人没有欧洲人或东方人脸上永远抹不去的忧心忡忡的阴霾，他们的笑声和欢语永远是基调。

我在纽约的街道问路或找人搭讪都得到友善的响应，从来没有吃过闭门羹，更不用说用恶狠狠的目光投向你。

走在两旁拔天耸厦的纽约街道上也有压迫感，这只是客观存在的事实，与纽约人的心态无关。纽约的街道表面看杂乱无章，其实是棋盘式的，乱中有序，布局很规范，竖直的永远是街道，横向的则是大道，街道牌开宗明义地竖在街头和街尾。驾车者或访客找门牌，比起香港要容易何止百倍！

在纽约，一上车，很快可以把市嚣甩在后面，可以把你带到长岛、库尼岛去弄潮和观看海景，甚至穿州过省去度一个难忘的周末。

芝加哥的迷失

行李不翼而飞

从宁谧的小城爱荷华出来，一头栽进哄哄扰攘和拔耸云天的钢筋水泥森林的芝加哥，不禁感到迷失。

当飞机降落在全世界最繁忙的芝加哥国际机场（几乎不到两分钟，就有一架飞机升起和降落），踏足在那一条又长又亮又宽的走廊，触目宏伟的机场大楼及先进的设备，豪华的装饰，便有一种先声夺人的威慑。

我拎着手提行李，衔尾紧随着其他游客。行行重行行，只因走廊太长，空间太大，走了近二十分钟，仍找不到领行李的地方，特别是出了大厅，指示牌林林总总，不禁有点眼花缭乱。

磨蹭了近半个钟头，才在机场的底层，找到运行李的输送带，自以为不用多久就可以领行李而回，便安下了心。但只见一个个旅客领走了行李，就是少了我的两件。直到输送带戛然而止，我的行李在望眼欲穿下，仍然芳踪杳然。此时我的心如吊上十五个水桶，七上八落，八落七上，暗叫不妙，手持行李单，向地勤人员直嚷嚷。一个地勤人员要我雇的士到市区去找航空公司，还幸我心存犹豫，问着另一个地勤人员，他要我跑去二楼的航空公司询问处查询。我宁取近舍远（因搭的士到市区，所费不赀，未见官先打五十板，划不来），便径跑到二楼去查问航空公司。

费了好大的劲儿，才找到航空公司。还幸航空公司的值勤小姐热情又殷勤，才使我惶恐之中，感到点儿的慰藉。她的认真和虔诚，可以从她不惮麻烦地打电话到我乘飞机所经过的航站去查询得到体认，对于一个具失落感的乘客，这是一种难能可贵的精神支持。折腾了半天，她对我说，我的行李很可能被送到加拿大多伦多机场了，下午四时那边有一架班机抵芝加哥，她已请那边的人如发现我的行李便送过来。

我看了一下腕表，已是中午十二时多，还要熬四个钟头，而且行李下落未卜，一时百感交集，就差没泪洒机场。

却说临离爱荷华的时候，聂华苓本拟介绍一些朋友给我，但因为我的好友在芝加哥念书，并声言到机场接我，我就婉谢了。哪料我的好友没有践约，致使我在痛失行李之下，又加上举目无亲，流落异国机场！

向远方求救

我是上午十时许抵芝加哥机场的。置身宏伟宽阔的机场大楼，仿如沧海一粟，恓恓惶惶，嗒然若失。我最初还存侥幸之心，企望好友在什么时候候地出现，以喜剧收场，因为此时此景，我如溺水的泳客，急需援手。但我跑遍了机场大楼的每一角落，包括餐厅、酒吧、商铺，连影子也没有。

我晃兮荡兮了大半天，可谓饥渴交加，心力交瘁。直到下午四时许，我的一件大行李才施施然被送回来。可是另外的一件行李——装满了我自己的和别人送的书，却未见璧还。我只得推着行李车，又跑去找着航空公司的值勤小姐，她连声抱歉，说是我那件行李可能被送到其他地方去，她会继续查询，并给了我她的电话。

此其时也，我像患了大病——疲劳之极，只得退而思其次，要求那位值勤小姐介绍一家机场附近的酒店，她好心地递给我几张酒店优待卡片，要求我直接与这几家酒店的任何一家联系。

我跑到电话亭才发现没有角子，环顾四周，不见有银行。在濒于绝望之下，才发现附近有一排直通酒店的电话——原来在美国的各大机场，酒店均在机场设直线电话，只要拿起任何一家酒店的直线电话筒，对方立即有人接线。

我终于在机场附近找到一间小酒店。一间

不到八十英尺的房间——连浴室，约五十元美金，我因有航空公司给的优待卡，五折优待。美国的酒店是出名的昂贵，一般较有名气的酒店，一间单人房起码要七八十元美金。

我安置了行李，洗了一个澡，腹鸣如雷，便跑到酒店的咖啡厅吃了一客三文治，灌了几杯咖啡（在美国喝咖啡最便宜，一杯咖啡不过五六十仙，还可以连添几杯），然后回房间，向爱荷华和纽约的朋友发出"求救讯号"，结果与一个朋友的朋友联系上了，他答应立即开车到酒店来找我。我在孤立无援之下，只要能见到黄皮肤、黑眼睛的人，也便乐开了。

夜闯唐人街

果然不久，那位素未谋面的朋友介绍的朋友终于来了。我二话没说，便要求他驾车载我到唐人街找点"中国料理"去，因在爱荷华天天吃烟肉煎蛋、杂菜沙律。结果朋友开了两个钟头车，送我到唐人街。

我们找着一间叫"四五六"的上海小食肆，

叫了一客上海炒面，每人一碗酸辣汤。我吃得津津有味，风卷残云，一扫而光。朋友看到我饥不择食的馋相，不禁笑开。我只感到这顿小吃，比起任何山珍海馔还要来得棒！自此后，我跑了美国东、西两岸，包括返到有"吃在香港"之美誉的香港，都未吃到比这一次更好的上海炒面，也没有喝过比这一次更"道地"的酸辣汤。无他，此情此景最是难忘！

从上海小馆出来，逛了一遭唐人街。我对着那些方形文字的中文霓虹招牌怔忡了老半天，那份惊喜、亲切感，也是前所未见的。

芝城唐人街不大也不小，大抵有四五条街，比起西岸的唐人街逊色多了，只是食肆水准还不赖。后来芝城的朋友携我去几间酒楼尝新，滋味蛮不错，只是许多食馆为了迎合美国人的口味，在许多菜式中放上大量的香料和红辣椒，大抵是粤菜、川菜、湖南菜共冶一炉。

在中国食谱之中，粤菜应是最流行的，但在美国，川菜、湖南菜大行其道，大有与粤菜分庭抗礼之势！因其以香辣为主，合了美国人喜欢寻求刺激的口味。

芝城的唐人餐馆，不少是香港人开的。美国移民法规定，如果没有直系家属在美国，可以在美国居留的只有两类人，一为投资者，一为具专业水平的人士（而这类人士是美国所阙如的）。后者除了技术人员、学者，就是中国馆子的厨师、帮厨人员，所以到美国开餐馆的香港人，一为谋生，二为携家眷。我去光顾过的"四五六"餐馆是这样，后来朋友宴请过我的荣华酒楼的老板也是这样，上至老板、大厨，下至伙计，都是老板的家眷或者老板的亲属。这些香港人既带去一伙人，也带去中国顶呱呱的饮食文化，上面那两家酒楼，在芝城的唐人街皆薄有名气，美国的光顾者，大不乏人。

异国的乡情

夜游芝城唐人街，使我对中国的饮食文化，深怀敬意。

翌日下午，在美国西北大学任教、也是散文家的许达然教授，闻讯与一位姓林的朋友赶来接我出去，并在许教授家宿一夜。

在许家吃到一次很道地的台湾菜，包括炒米粉、风肠，那是许教授从台湾来的岳母做的。所谓台湾菜，其实与闽南菜同出一辙，所以使在异国的我重温一股如同荼薇酒那样可人的乡情——芬芳、淡远，但醉人！

在许家待了一整天，后来航空公司的值勤小姐打电话来，说是我的行李找到了，他们将派人送来。行李失而复得，而我的好友也联系上了，原来他的女友从温哥华来了多伦多。他大抵接到女友的电话，迷头迷脑，连接机也忘了，一径地往多伦多跑。在电话中，他说翌日返芝城，信誓旦旦，但结果在芝城一直等不到他，直到我临离开的前夕，他才不知从哪里冒出来，旋风式地出现了！

所谓经一事，长一智。由这次教训得出一个经验：凡热恋中的男女，其一言一行切不可轻信，轻信者必自食苦果——当我捧着这枚苦果，后悔兼顿足也来不及矣。

俗语道，出门靠朋友，尚幸美国华人世界

的人情味十分浓厚，使我如沐春风，如沾春雨，减去旅途的不少劳顿和落拓感。

在芝城还承芝加哥大学远东图书馆馆长郑炯文先生权充导游，携我参观有名的高等学府之一的芝加哥大学，会见几位心仪的汉学家，并且陪我到市区作一日游，向我介绍芝城的历史沿革，地理风光，我们谈美国这一国家的结构，谈白人和黑人，各抒己见，大有一见如故之概。

我在迷失之中，却寻到友爱的流泉。

污泥与星星

狱中两人向外望，

一见污泥一见星。

这是我走马灯式游罢芝加哥的一个印象。这两句诗并不新，但用之比喻今时今日的芝加哥，很能使人会意。

如果读过显克维奇的游记，对芝加哥会产

生美丽的憧憬，芝加哥予显克维奇的印象是"愉快而堂皇"，"气象万千的城市"，并且得到这样的结论："新的伟大的都市像凤鸟一般从灰烬中再生。"

显克维奇所以称芝城是灰烬中再生的凤鸟，是因 1871 年间，有一头莽撞的牛窜入房屋密集地区而引起一场特大火灾，当时持续三天半的熊熊烈火，把芝城内三分之一的房屋和许多公共建筑物夷为平地，烧死三百多人，伤者无数。火灾后，芝城开始进行重建工作，并采纳了知名设计家奥姆斯特德的规划，将市内分为商业区、工业区和公园绿化区等，由主要的干道把它们联结起来。1876 年显克维奇游览芝城，重建工作已大体完成。他所看到的是个"硕大的新城"。

1909 年因世界性的万国博览会将在芝加哥举行，著名的设计师伯纳姆等，又重新设计了这个城市的总体规划方案。此后经过几十年的建设，使得芝加哥既保存早期欧陆风味的古建筑，又发展了现代化的城市建筑的特色。游客伫立市中心，触目既有高耸入云的摩天大楼，又有华丽堂皇、古雅精致的博物馆和教堂，再缀上圆形双塔式的玻璃钢架结构的高级饭店和商场，不禁令人目眩神驰。

从这个角度来看，芝加哥恍如一个勇士，无情却英勇。他仿佛隐藏着神秘的力量，并散发出男性的魅力，甚至有着令人震慑的权力。

过去的一页

芝加哥也光荣过、辉煌过，因它是"五一"国际劳动节和"三八"国际妇女节的发祥地。

1886年5月1日，这里爆发了几十万工人的大罢工，争取八小时工作制，后来第二国际巴黎大会决议，规定每年5月1日为国际劳动节。

1909年3月8日，芝加哥的女工为了争取自由平等举行罢工，获得美国各地妇女的热烈响应，后来规定3月8日为国际妇女节。

芝加哥大学的博物馆就有不少关于这些英雄事迹的记载。

这也是过去的一页。

今天的芝加哥哩?

郑炯文先生似乎立志要把芝城的五脏六腑翻出来,给我看个究竟,一径地拉我往市区钻。

我们从芝大出来,它的周围是密集的黑人区。我们迎面所见的都是黑人。我忘了问芝城的黑人有多少,但黑人在芝城几乎无处不在。有时,一长列地下铁,放眼望去,都是黑人乘客,白人倒像稀有民族一般,偶然有一两个夹杂其中,也十分不起眼。

黑人人口的膨胀,带来了不少问题,其中最大的是罪案问题。

后来我跑过几个城市,都有同样的问题。

在路上,我与郑先生曾就美国黑人的问题交换意见。

照目前的生育率,不用多久,美国黑人的人数将超过白人。白人晚婚,还实行节育,黑人无限制地生育,通过生儿育女来领取政府津贴,因为黑人对生活条件要求不高,只要有足够儿女,父母甚至不用工作也可过活。因求职较易，黑人大量涌入城市，白人则从城市迁出。后者经济条件较好，有汽车，有钱买楼，可以迁到郊区，居住环境比市区好。黑人则可以在市区租到一个小单元，一家几口挤在一起，图个找工作易，上班方便。

美国的白人喜欢把美国的社会问题，一股脑儿推到黑人的身上。其实黑人问题，主要是历史遗留，特别是过去黑人普遍没有受到高等教育。这是历史的根源。

西尔斯大厦的眺望

芝加哥的黑人区一般比较脏乱、古旧，居住环境不比纽约的哈林区好。

芝城的地下铁，虽没有纽约地下铁的残旧，但也十分落伍，治安之差，更是有口皆"悲"，扒手出没、劫匪横行。那天我携了照相机，当来到地下铁站时，郑先生一再提醒我小心财物，我只得死命地用手肘夹住。

后来还听说，芝加哥大盗是世界出名的。这些大盗身怀枪械，神出鬼没，作案后便径往加拿大边境方向逃走，因芝加哥在加拿大国境的毗邻。

这是芝加哥的"污泥"，它是掩藏在鳞次栉比的耸厦之后。

当我与郑先生穿行在密执安湖畔的华厦之中，走在宽阔的湖滨大道，仰视着白箭牌香口胶家族的华丽大厦、花花公子俱乐部大厦和豪华的商业大厦、大酒店，如发现一个暴发户。芝加哥被目为西部荒凉大陆的"边疆"，建城比其他城市来得晚。1833 年，芝加哥只是有 550 人的"喧闹的牛城"（因附近有放牧区，故称），在短短的岁月中，一跃而成为美国第二大城，人口近 700 万（含郊区）。

我们后来登上位于市中心区的著名的商业大厦——西尔斯大厦，共 110 层，与纽约的世界贸易中心大厦相埒，这是指层数而言。如果以楼高来衡量，则西尔斯为 443 米，世界贸易中心大厦 411.5 米，略胜一筹。

西尔斯大厦低层是艺术大厦和百货商场，各层大厦里有豪华餐厅、旅馆、酒吧、游乐场，每年接待 50 多万游客。

我们从大楼的 103 层观看台俯瞰，从东边看台可眺望两座并列的大厦，一座是楼高 100 层的汉考克中心，建于 20 世纪 60 年代中期，一座是美孚石油公司的大厦，共 89 层，是 20 世纪 70 年代初期所建；从北面方向，可见位于芝加哥河畔的玛利娜双塔，这两座圆形塔式的建筑，别饶风致，共 60 层，而芝加哥第一国家银行则在侧畔，这是座底宽、顶窄的梯形建筑，设计奇特。

在这里可以显示芝城的雄伟的力量！

尼亚加拉瀑布纪游

○

多伦多离芝加哥很近，乘飞机不到一个钟头。

赴多伦多，为的是去会一对画家朋友。那天下午二时许到多伦多，画家朋友还来不及与我叙旧，二话没说，便一径开车载我到尼亚加拉大瀑布观光。

朋友说，趁天气晴明，可以把尼亚加拉打头到下看个真切，如果天气不好，尼亚加拉便会摇身化成隐士，消失在雨中、雾中，届时只闻其声，不见其形。

那次去得正是时候，天朗气清，尼亚加拉大瀑布仿佛驾着嘶腾的万马，浩浩荡荡地向我奔来！

"未见其人，先闻其声"，尼亚加拉瀑布轰隆、轰隆、轰隆，声大如三国里几百个张飞，不约而同地呼喝叱咤而来，身在十里之外的我，也不禁为之一栗。

待我们循声而至，眼前的瀑布以排山倒海之势，向着我们发出咆哮了，声震如夏天的响雷，汹涌澎湃，瀑布上空激起巨大的乳白的浓雾，翻腾喷涌，水沫洒空，仿如蒙蒙细雨，御驾着清风，洒向老远的站在岸上的我们。瀑布的上空，凌虚悬着两道瑰丽的弧形彩虹，如天赐的两顶桂冠，荣誉地戴在名叫尼亚加拉瀑布的巨人头上。

一

置身其境，我不禁想起李白咏庐山香炉峰瀑布的诗——

日照香炉生紫烟，
遥看瀑布挂前川。

飞流直下三千尺，

疑是银河落九天。

中国的瀑布之中，庐山瀑布虽有不少诗人墨客吟咏，但最负盛名的首推贵州黄果树大瀑布，瀑布的高度约 60 米，落差之大，不比尼亚加拉逊色，后者平均水帘的高度 50 余米，但尼亚加拉瀑布的总宽度（美加两国大瀑布加在一块），达 1200 米以上。以规模论，比之黄果树大瀑布要雄伟得多。

二

尼亚加拉瀑布位于短促湍急流量大（最大流量为每秒 6700 立方米，最小流量为每秒 3200 立方米）的尼亚加拉河上，这条仅 58 公里长的河流，发源于伊利湖，向北流入安大略湖，两湖之间有一条很陡峭的断层线，水位差达 100 米，水量丰富的尼亚加拉河通过这个宽大壁立的断崖，便形成了世界驰名的瀑布奇观。

尼亚加拉瀑布的上端被古兹岛分成两股强

大的水流——形成两个瀑布。美、加边境正在河中心，水流左侧是加拿大瀑布，它的形状如一个马蹄铁，所以有马蹄铁形瀑布之称，水流冲击的高度为48米，瀑布线宽达914米；水流右侧是美国瀑布，被称阿美利加大瀑布，高达51米，宽仅有304米。所以加拿大的马蹄铁形瀑布更为壮观。

在新大陆尚未发现之前，北美洲的土著，常到这里顶礼膜拜，北美洲以外的人对尼亚加拉瀑布十分陌生，直到1678年，法国传教士路易·肯列平第一次看到了这座大瀑布，他详细地记述了自己的见闻，从此尼亚加拉瀑布的名字便不胫而走。

三

来到尼亚加拉瀑布的人，都会乘船深入瀑布的腹地，接受大自然的洗礼。我也不例外，跟着朋友乘上汽轮。在汽轮开航之前，每人获派塑料雨褛一件，把头、身体包裹得严严实实。果然汽轮开动不久，从瀑布溅出的水珠，如密集的冷箭，劈头劈脸而来。船逐渐靠近瀑布，乘客如置身狂风暴雨之中，船剧烈地颠簸着、晃动着，水倾盆而下，耳鼓涨满风啸雷鸣，嗡嗡不绝。虽然每个乘客都穿上雨褛，但在滂沱的疾雨下，不少人沾湿了衣襟。可是在漩涡急转，浪涛壁立中，却有一群群沙鸥无畏地扑浪嬉戏。

船只接近马蹄铁形瀑布，最是惊险。船在急流中如暴风雨中的一叶扁舟，巨浪拍舷，乘客东歪西倒，有些乘客不禁失声大喊，但大都是欢呼多于惊慌。我不知这些乘客是否受到追逐在风浪中的沙鸥的影响，他们脸无惧色，只有兴奋的劲儿。

四

听说，从前有一些勇于冒险的青年人，带着食物和氧气装备，钻进密封的铁桶里，然后让铁桶由上游滚下。随着瀑布巨大的冲力，在大瀑布的深渊中翻腾十多次，然后被河水冲到下游。有的人因此丧命，有的人受了重伤，生还者便成了英雄。

我不知这些亡命青年，有否受到尼亚加拉瀑布博大、恢宏的精神所感召。但尼亚加拉瀑布使我想起罗曼·罗兰的一句话：

> 爱、憎、意志、舍弃，人类一切的力兴奋到极点之后，就和"永恒"接近了。

当人类一切的力仍未发挥到极致，则无以言永恒。但我敢说尼亚加拉大瀑布是永恒的，它不仅象征人类兴奋到极点的一切力，而且这力已得到充分的发挥，它的流量已被蓄成现代的水力发电站，强大的电流，通过三十万伏特的超高压输电网，源源不绝地输送到纽约、波士顿、费城、多伦多等等中大城市，供工业和民用。

永恒的尼亚加拉！

贝多芬故居

贝多芬故居

去到波恩，瞻仰贝多芬故居，是不该错失的。

我去波恩三趟，主要是去会见任事出版社代表的黄凤祝博士，最长逗留一天半，最短半天——但，每趟我都要跑进贝多芬故居溜达一下。

贝多芬不属于任何时期，因他是永垂不朽的；他也不只属于德国的，因他是恒活在人们的心间。

贝多芬故居坐落在波恩商业中心的一条横街上，楼高三层，小巧、庄重、华丽，现已建成博物馆。

博物馆由两所截然分开的房子所组成。贝多芬父母自 1767 年结婚以来，一直住在这里。贝多芬则于 1770 年在这里诞生。

贝多芬后来住过的地方，都没能保存下来，而这幢贝多芬诞生的房子却幸存下来，并保持了 18 世纪的原貌。

第一层第一间介绍了贝多芬的祖父路德维希·封·贝多芬，他原是歌唱家，后来成为乐队的指挥；第二间介绍了贝多芬的父母约翰内斯·封·贝多芬和玛格达蕾娜。

贝多芬的父亲是宫廷男高音歌手。贝多芬无疑是出身于音乐世家。这对他来说，有幸，也有不幸。

他的父亲急于把他培养成像莫扎特那样的神童，采用原始而残酷的体罚方法，自幼便强迫他学习钢琴和小提琴，贝多芬在八岁时已开始在音乐会上表演，并尝试作曲，但是他这段时期所受的音乐教育，是零乱而欠缺系统的。

第三间展出贝多芬少年时代的老师、朋友的图片。

贝多芬十二岁时已担任宫廷助理管风琴师，开始跟随风琴师聂费学习音乐。聂费是一位具多方面才能的音乐家，贝多芬从他那里扩大了艺术视野，并熟悉了德国古典艺术的范例。贝多芬正规的学习和系统的教养是从聂费开始的。

才华初露

由聂费出主意，1787年，贝多芬十七岁，便只身到了维也纳，投入莫扎特的门下。可惜不到两星期，因他母亲病死，只得仓皇返波恩。当他1792年重赴维也纳定居时，莫扎特已撒手尘寰了。后来他改拜海顿为师。

在展馆有一本贝多芬离开波恩的纪念册，打开的第一页便是瓦尔德斯坦伯爵的题字。贝多芬的维也纳之行，也是这位伯爵所大力促成的。

瓦尔德斯坦伯爵，很早便发现贝多芬是具有音乐天才的人。他当时曾卓有预见地写过：

亲爱的贝多芬！你行将奔赴维也纳去

实现他们（作者按：指莫扎特与海顿）长久以来带有争论的凤愿。莫扎特的天才保护之神还在哀悼，在为它的弟子之死放声痛哭。而在具有无限创造力的海顿那里，它找到了安慰，但没有找到合适的人选，它希望通过他（海顿）再次与某人结合起来。通过锲而不舍的努力，你将从海顿那里获得莫扎特的精灵。

贝多芬没有辜负伯爵的殷切期望，他横溢的音乐才气终于通过艺术的形式，与莫扎特、海顿融汇在一起，并被人们称为"维也纳三杰"。

贝多芬后来为了感谢伯爵，写了《瓦尔德斯坦奏鸣曲》作品五三。

博物馆的第四间有一帧最后两任选侯的画像，其一是马克西米里安·弗里德里希，一是马克西米里安·弗朗茨，后者是皇后的小儿子，是他派贝多芬前往维也纳的。

贝多芬的《选侯奏鸣曲》就是为此而作的。

贝多芬第二次到维也纳，才华开始显露出

来，他很快便赢得维也纳卓越的演奏家的美誉，此外，他还到布拉格和柏林旅行演奏，获得很大成功。

大器晚成

第五间展出贝多芬故居收藏的贝多芬本人的或有关贝多芬的信函的原件。

第六间与第七间，橱窗内是贝多芬廿四岁的面形铸模，还有一个是五十六岁逝世时的面形铸模，另有四个助听器。

自从 1792 年开始，贝多芬已感到自己的听觉日渐衰退，待到 1801 年确信自己的耳疾无法医治的时候，他才告诉朋友们。

展馆中间放着的《圣城遗嘱》，就是他在 1802 年写的。当时他已严重失聪了，三十二岁的他已感到死亡之神咄咄迫近。尽管是预感到将不久人世，这一年，他仍然庄严地创作他的《弥撒曲》。

这年夏天，贝多芬听从医生的劝告，迁往离维也纳不远的海利根什塔特村，曾萌过自杀的念头。但是，对艺术执着的爱，使他对生活仍产生憧憬的热情。最终他的意志力战胜了苦痛和绝望，并且把苦难变成他的创作力量的源泉。在一己的精神危机发展到顶峰的时候，他开始创作洋溢着乐观主义的《英雄交响曲》。

贝多芬是属于大器晚成的，直到三十岁时，才开始创作第一部交响曲，莫扎特在这样的年纪已经写了四十部左右的交响曲。

他失聪后，创作力非常旺盛，例如这一时期创作的第三至第八交响曲，第四、第五钢琴协奏曲，以及《黎明》和《热情》奏鸣曲等等，对人类的理想和力量充满炽热的信心。在他生命临终前，更写了总结他一生的《第九交响曲》，充满了对理想和光明的追求，震撼人心。

贝多芬晚年处于悲苦的窘境，病魔的顽缠、侄儿百般的折磨，使他无所超脱，终于1827年3月26日与世长辞，死时身旁没有一个亲人。同月29日举行葬仪时，却有两万群众护送他的棺柩。

灵的抒描

河岸对河流说："我不能留住你的波痕，让我保存你的足迹在我心里！"

——泰戈尔

望海的女孩

如果生活是河流，那在我记忆的河岸，却印烙着不少鳞片状的波痕：深郁、明亮。

以下是一串杂沓的足迹，离我从日本归来的日子已有个把月，偶尔从记忆中翻出来，恍惚之中，仍不失光彩。例如压在我书桌玻璃下的一帧照片，如一小爿保存在心里的生活片段，常常引发起我美丽的遐想。

照片的左下方，是一个穿红色风褛、湖水

色裙的日本女孩，背立在海滩，眺望着向她脚下涌来的波浪，和那追逐着波浪的沙鸥。所有这一切，都笼在薄薄的橘紫色的霞光中，恍若一个童稚心灵中的幻梦，抹上玫红的色彩。

这是拍自日本藤泽市鹄沼海滨的一帧彩照，当时我与两位朋友正在赶去参观聂耳纪念碑途中，经过这一处海滩，赫然发现了这个女童，我便匆匆地拍下来。当时并不太在意，事后冲晒出来，却从这帧照片牵系起一根根情思的弦，再从这一根根弦勾起一桩桩淹在时间之河的记忆鳞片。

每次见到这帧照片，在我的脑海中便跃出几个名词：日本、海滨、藤泽、江之岛、聂耳及那些个日夜。

日本有一个美丽的海滩，那是坐落在藤泽市的鹄沼海滨，鹄沼海滨对面有一个旖旎的江之岛，右面有一座聂耳纪念碑。

我的旅日行程分成两段，上半段跟旅行社走，下半段是自由活动。上半段如旅行车的轮胎，辗转颠扑，加上东京的烦嚣、旅游区的热闹、行程的匆迫，腾不出半点的闲情，也溢不出逸致。只有在那一天从肩上卸下倥偬行旅的重负，也就是一位姓黄的朋友带我到藤泽市，来到鹄沼海滩、江之岛的时候，我才感到出奇的轻快和闲适。

那位望海的女童就是以前一段斑驳的生活影像切割出来的特写。

看到这个望海的女童，使我想起儿时编织的海的梦，犹如生命初度的怒潮，激起绚丽的浪花。儿时住在山区，渴望见到海，后来到了这海岛，在转轮式的生活中，海的梦在现实中消失了、枯萎了。我真没有想到，在异国的海滨，我却重燃起海恋的火花。

当我临海而立，我没有落拓感，相反地感到我的襟怀如大海一样，可以容纳百川，放得多大就多大：真率、悠恬、晶亮，如那个望海的女孩，可以幻出许多绮丽的奇诡和天真的美梦来！

更添情意的藤泽

藤泽市有一个美丽的鹄沼海滩和玲珑的江之岛，在东京府来说，她是有一份脱出俗嚣的清秀。

每一个地方，如果有海和水，仿佛人的一双眸子，是流盼的、多变的，便增添了一份妩媚和灵秀之气。所以这里每年的夏季，甚至周日和假期，都吸引千千万万来自东京的游客和弄潮儿。

这里的海滩有着乌黑细滑的沙子，海浪一圈一圈画着柔美的曲线，如层层叠叠的沙漠上的弧形丘，伴着轰鸣的海涛声挺进和溃倒。

在海滩的对面，有一个小岛，如出水的芙蓉，从海的中央盈盈地探出头来，在暮色和晓雾中，依稀如一条美人鱼刚刚抖落身上的水珠，使人迷失在美丽的憧憬中。

或许太多人倾慕于这个海岛，这里早已架起一座水泥桥，通向这个有"水上明珠"称誉的小岛。

沿桥道是一列日式的海鲜大排档，大排档的上盖外缘，披着几幅布幔，下面是一长列的木凳，食档上布列着鲜活的鱼和贝类，标出各自的价钱，顾客可以随意点食，即点即烹，即煮即食。从古朴的布幔溢出的沁人香气，使每个路过的行人都要拼命咽着口水，因为这里的大排档是出奇的昂贵！

江之岛上有不少海鲜食肆、海产店铺，岛的高处有一座神社。因为道路颇陡峻，有人在神社筑了一部地下电梯，上落收费，但寺院、钟声、古庙却被这现代的架设嘲弄了。

驻足神社俯瞰，可以一览藤泽市的全景。这座小城，因为有了曲折多致的海岸线，饶有一番迷人的风姿。

太平洋的风涛，哺育了不少城市，藤泽市也蒙其恩泽，她跟我印记中的青岛、菲律宾的宿雾、马尔代夫、关岛、塞班岛，串成记忆的明珠，熠熠生光。因为在这些地方，才有卧听涛声、水畔漫步的情致，也使人感到有一种生动、活泼和朝气，如一脉流动的生命，令人意兴盎然。

对我来说，藤泽市更添些许情意。因为她与一个英魂联系在一起，中国伟大而年轻的音乐家聂耳，就是在这里去世，也是在这鹄沼的海滨，就屹立着一座聂耳纪念碑。

聂耳避难到这里是 1935 年 7 月 9 日，同年同月的 17 日，聂耳在游泳中被风浪卷走，终年只有二十四岁。他的一生是短暂的，在藤泽的日子也是短暂的。他的出现和消逝，如一道划破长空的闪电，光亮、轰烈、炽热，令人刻骨铭心。太平洋的浪淘潮刷，冲不掉深镌在人们心中的名字，几十年后的今天，藤泽市民，与中国广大的人民一样，仍然深深地怀念这位天才的音乐家。

青春，这是一个炙热而动人的字眼，但她只有在一些人的身上才闪动光彩，聂耳短暂的一生，就谱写着一页闪亮的青春。他为人民谱下的曲调，包括《义勇军进行曲》，仍在鼓舞人们前进。

虽然这样，聂耳仍然走得太早太快。以他

的才气，他还可以谱出更伟大的乐章，如果冥冥之中有命运之神，那么，这个命运之神对他是不公允的。那年 7 月 18 日，日本的渔民在附近海滨发现聂耳的遗体，这些渔民说："穿游泳衣的年轻苍白的青年脸上带着笑容。"只有坚强的人，才能对残忍的命运微笑！

那天，我们跑去瞻仰聂耳纪念碑，没有携带鲜花，我们觉得鲜花太平凡了，我们来到耳形的纪念碑，只带着一颗虔诚而火热的心。

小镇的真趣

都市人束缚时间太长、紧张太久，坐地起行都是一个模式，机械般地运行，反而失去做人的真趣。有时能突破一下常规，返复自然，往往有一种意外的畅快。

在日本的时候，花了几千块跟着向导先生兜圈圈，所得的印象是四个字：花多眼乱。有时花几个钟头车程，去看二十分钟或半个钟头的寺庙、瀑布、建筑，甚至一个城市、一处风景区，这样花费与收益，永远画不上等号！

这种旅游，还没有飞越机械般生活的巨大阴影，当我脱离了亦步亦趋的旅行团，我才找到自己和属于自己的东西。

第一天离开旅行团，走的是自己的道路，目的地是自己的选择，可徐可疾，一弛一张，乐得自在。所以当我与朋友黄兄跑到藤泽海滨，有如脱出樊笼的鸟儿，有一种海阔天空的感觉。

那一天我们住到一户华裔日人的家庭。主人张先生祖籍是上海人，自幼跟随父亲来到日本，在日本长大，过的是日式生活，讲的是日本话。后来挣到一点钱，放着温柔体贴的日本姑娘不要，却老远跑到唐山去讨老婆，一道过着俭朴但是中国式的家庭生活。他经历的是一般人所经历的生活：生儿育女，一直到两鬓灰白、退休。他所津津乐道的是，他的两个儿子，一个在横滨经营中华料理饮食店，一个在东京一家华文书店当职员。至于他自己，则在家里浇浇花，闲着去串门子。对于过去和现在，他没有太多骄傲和太多满足。

这是一条平凡的人生轨迹，没有太多迂曲，

淡素、无华却动人！

那天晚上，我们围坐在一个小客厅里，张老太太为我们炒了几个家常小菜，雪里蕻肉片汤、鸡炖芋头、青椒炒牛肉、红焖鱼。在异国吃到道地的上海菜，滋味特别好。

吃完饭，剥着丰盛圆盈的日本柑，闲话着家常。不久，来了一个日本姑娘，一头剪得短短、乌亮亮的秀发，衬着一张玲珑而讨人喜欢的鹅蛋形脸庞。她的名字也如她的人一样秀媚，我们管叫她小松碧。

小松碧是张先生的睦邻。她听说我在搜集有关聂耳的材料，立即捧着一堆材料跑来，想不到她还能讲一口颇流利的普通话。我告诉她，福建有一位作家叫何为，正在写一部聂耳传。她听后很是高兴，她说，她愿意为他提供资料。那年是聂耳逝世四十五周年，她与她的朋友还编了一份纪念专辑，印刷很精美，上面还有一份聂耳的年表。

我想，一切对人类有贡献的人，都是超越国界的，正如他的荣誉，人们的尊崇和悼念之情，都是无限的！

当我们送走了小松碧，只见小庭院花木吮满了乳色的月光。当我举头，我仰视那年轻的星星；当我低首，我想起一颗颗亮晶晶的青春。

那夜·风吕

日本的中、小家庭，一般不设浴室，如果一定有浴室的话，也是与厕所天然地分开。日本人看不惯外地人把浴室与厕所合二为一，理由是洗澡是顶干净顶圣洁的事，决计不能与顶肮脏的如厕并在一块。在这番大道理之后，日本人背转身可以跑到公共澡堂，几个或几十个人共用一个浴池，在氤氲雾气和汗息中心安理得地做那顶干净的洗浴。回心一想，也未免迁得可笑。

那夜的张先生家，也是浴室阙如。一天的奔走下来，风和尘吃到不少，不洗澡是熬不到天明的，便撺掇黄兄想个法儿。黄兄与张先生的幼子二话不说，拿起毛巾、肥皂，拉着我便往屋外走，说是去洗澡。

三人行，在夜的街巷，脚上趿着的拖鞋嗒嗒的响声划破小镇的睡梦，矮促的板屋在幽黯的灯影下垂低了头，像在反悔白昼的过失，只有宵夜店的纸灯寂寞地在寒风中甩着头。我们走着，如走在古昔的路：冬夜、小镇、纸灯、深巷——是民初，还是戏内的布景？

恍恍然转了几条小街巷，在一个街口停住，黄兄指指街角的一间有"风吕"字眼的店铺，说风吕就是澡堂。我们便在玄关脱下拖鞋，趿着脚板在储物柜放下拖鞋，然后推开门，进入更衣室。更衣室空间较大，一边放着一排储物柜，一边是座椅，座椅之上镶着整面的玻璃壁镜，在镜的靠入口一端，有一个突出的柜台，有两人高。一个娟好的少妇坐在上面，居高临下。黄兄说，这个柜面分掌两部分，一部分是这边的男浴室，一部分是隔壁的女浴室，少妇的位置就在男女浴室分水岭的首端。高大的柜台划出阴阳两个界限，少妇无疑是跨立在阴阳界上的"怪物"。

我正在恍惚之中，黄兄提醒我脱衣服，随

后他已很快地裸了体，我不知为什么，忽然拘谨起来。黄兄见我迟疑不决，便催促道："这里每一个人都脱光衣服，有什么难为情的？"我讪讪地问："就在那个少妇面前脱精光吗？"黄兄笑道："她才不看哩。"我只得一边脱衣服，一边拿眼角偷窥着那少妇。少妇大抵觉得我的举动有异，略瞟了我一眼，便专心致意地去抚弄她膝上的小狗。我还是不放心，拿一条毛巾遮掩着两股之间，与黄兄他们迫不及待地推开了一道玻璃趟门，进入烟雾弥漫的浴池。浴池共有三个，呈品字形，沿两边墙根各有一长列齐膝的板柜，下面摆放着胶面盆、小凳，澡客就坐在小凳上刮胡子，洗头冲身。我仿佛是一个新兵，跟着黄兄依样葫芦做着一些例行的程序。冲洗好身体，便跑到浴池，我坐在池边，放进两只脚去试探，池水滚烫得我赶紧缩回来。

事前我已得到黄兄的警告，入池要循序渐进、得寸进尺才不会烫伤皮肤，因为池水的恒温高达 40 摄氏度，如果立即跳进池中，便会后悔莫及。池边逐级向下，我们浸热了脚，便逐渐向下移，以至浸到颈部。这时的感觉如溽暑天躺在沙滩上，在炎阳下暴晒，有一种炙心的火辣，也有一股难忍的快意。

打从我呱呱坠地开始，还是第一次在十几个人面前袒裼裸裎，赤条相见。初起不免有些不自在，渐渐便也觉得没有什么了不起，再后来觉得这种返乎自然、了无牵系，有一种鲜活的、难言的痛快了！

随着澡客的搅动浴池的水和水槽底新冒出的热水，周遭蒙上厚厚的雾气，抹上一层诡异的色调。当我触到水槽底壁豁刺刺地涌现的热水，不觉想起茅盾先生曾在日本澡堂，低头看到水槽分明映写出隔壁一个曲线美丽腰肢的倩影，使他被"一种热烈的异样的情绪抓住"。茅盾的那种"痴妄"，是那个时代才有的，现在男女浴池的底壁大都是不相通的，人们只能凭幻想去编织那种是"圣洁的、虔诚的"，也是浪漫的美梦了。

当我们从澡堂出来，感到浑身暖和畅快，才恍然日本人为什么那样偏爱澡堂了！

厚厚的苔意

日本人一足伸入现代，一足探进古昔，他们既营营于现代生活，有浮华的东京、工业骄子大阪，也有保护着很多古昔面貌的历史都城京都、镰仓、奈良，他们的现代是与古昔和平共处。

日本的现代化，很值得骄傲，东京的立体交通、四通八达的地下铁路、地下街，高耸入云的铁塔，银座区如林的新厦，新宿的烟花地……这些都是现代的产儿。日本对传统的尊崇和保存的良好，也独树一帜。

比起历史文化渊远的国家，日本的文物古迹不算多，但是却保存得好。一座古刹、一爿村庙、一栋古建筑，他们都落足心力去维护。

在奈良的东大寺，我是很欣赏这座古意盎然的寺庙。它的好，就好在有着自己的原貌。这座东大寺，日本政府曾斥资 50 亿日元修葺，整修后的东大寺，并没有焕然一新，而是保持了旧貌。原来为了使东大寺保留本来的面貌，建筑工人都运用上了古法、土法。这些方法都经过考古文物专家鉴定，是彼时彼地用来建筑寺庙的，例如油漆也是古法调拌，而不是用现代的乳胶漆。甚至连寺庙的斑驳剥落的地方，在修葺时也不加掩饰，刻意保有那岁月的刀痕，使人兴起古昔感。这有异于有些地方置年代、历史、风俗于不顾，随意篡改古建筑的旧貌，是有令人欣喜和引人入胜之处。

京都金阁寺的舍利殿，整座殿宇都敷上金箔。听说当局曾花一万两黄金加以修饰，用的还是古法，虽然不失光艳，但却是一抹逸丽的淡素，特别是那金色的倒影缀上青空浮云、茵绿冷寂的潭水，掺糅出高古、幽远的境界。

金阁寺松籁浮空，新苔漫染。走在撑天蔽日的林荫下，沿路触目是嫩嫩的、鲜鲜的绿苔，我便有赤足走路的冲动。

日本人虽然面对现代，对古昔却有着偏爱。日本著名的瓷器濑户内烧、清水烧，都是以古朴、苍素见长，举凡茶具、花瓶、碗碟的款式、制作，都刻意追求恬淡、拙朴的韵味。

此外，日本的艺伎，驮着蝶饰和服的翩翩少妇，浸染西洋古代雕塑笔调的人形，自古已然的繁复的茶道、花道，还有吸收自中国唐朝的盘膝坐垫……都有崇古的倾向。

日本人在生活中特别强调闲趣、炉情的逸致，如"炉火烘边松籁浓""不识光流炉冷然"和"有无总是一瓯中"的淡远况味。

此外，对禅意的探钻，便很有中国道家的风范，日本诗歌所揭示的精神，也饶有禅味，如"安禅出定清华晓，汲尽天边月一轮"。

日本怀古之情是深广的，而且这种绪怀是随时间的递增而渐进。在东京现代文明的背后，就保有古昔的风貌，例如浅草的观音堂的古旧街道、寺庙、大纸灯笼及热闹杂沓的行人、小铺。

在东京的市中心区，有着古时布设的食肆、酒吧、建筑物，至于古都镰仓，除了电线杆及时人的穿着，简直都是古旧的式样。低矮的屋檐、雅致的庭园、窄小幽深的街巷、松针圆扇的摆饰、烟焰袅袅的茶馆，盈溢着古情和古意。

我们去的时候，刚巧赶上神诞，满街巷流动着穿艳丽和服的妇人：一双软屐、款摆的腰肢、摇曳生姿的蝶饰……丽娜的风韵，在在使人兴起思古之幽情。

日本的怀古绪怀是伴随澹泊的意念而来的，如厚厚的苔藓，是伴着岁月和霉湿而来的。日本曾有戾气冲天的时代。战后日人刻意返古的心态，是否表征着内心的反省，还是寻求某种心灵上的慰安？

寄情山水花木

日本人的心态是恋古的，也喜欢寄情山水，他们乐于与月华山影、花木庭园为伴。

不要说在村野，就是在东京的闹市，在华厦的侧畔，经常可以发现怡情养性的花木，甚至在一些不经意的暗角蓦然会冒出一爿花坪花床，吐出欣欣生气。

在闹市边缘的住家，大都是枕着庭园的小屋。屋小不要紧，有着玲珑精巧的庭园，便有一份幽致和生趣。这所谓庭园，可能原来是一小块狭隘的瘠土，经过一番耕耘的努力，很快繁衍成绿草映日、花团锦绣的场地。

至于在一些小镇，除了庭园，还有修剪得很整齐的篱笆，攀缘植物沿着笆缘，幽幽地绽开雅洁的小花，婆娑的针松向篱笆外伸出魁伟的腰杆，苍古丰致。

我在藤泽市下榻的张先生的寓所，也有一个小庭园，栽培有中国兰花、昙花、美国常春藤、黄菊……我忘了那条小巷叫什么名，那里的屋宅，都挤出一小块庭园，培育出精致的花木。当晚我宿在楼上的榻榻米，向阳的窗台下竟然置着两盆台湾兰花。一株开出晶莹的白花，一株是晕着浅紫白底的花，那么古雅典致，恍如清丽脱俗的古典美人，企立在白色纱窗下回眸地一笑，是一派夺人的清艳。

那一夜，我就在鲜洁芳芬中进入温馨的梦。

我经过日本的村野，经常可以遇见一泓曲曲折折的小溪，蜿蜒在竹篱茅舍和晃晃荡荡的板桥之下，勾起清淡恬静之情。

就算在日本旅游区的构筑，也突出古、幽、

拙、朴意趣。这里的餐馆、食店、商铺，大都不以现代取胜，而是执意保存民族的风格和古朴的色调。那一天我们去日光华岩瀑布，天极冻，入去的时候，天穹已飘着零碎的雪花。那匹迸珠喷雪的白练，与乎轻盈的羽雪，瀑布附近的古式店铺，天然地描出美致的诗情画意。出来之后，雪花更飘扬，我们都很兴奋，那些都市长大的少女，都乐得手舞足蹈，使古调的氛围，添了几分青春的气息。

就算大名鼎鼎的东京上野公园，也荡着一派典雅的古意。老树、高台、庙堂与乌黑色调的馆舍和纸灯笼，加上明丽的喷水池，广场上的灰鸽子，水木清华，幽远和谐。

中国送日本的三只大熊猫，曾定居这里，不知是适应不了这种冷寂氛围，还是思念故国过切，其中的两只先后去世，令到整个日本汹涌起悲悼的巨浪，连家庭主妇也偷偷地拭抹眼泪。听说那葬礼仪式是极其庄严和悲壮的，全日本电视直接转播之外，还搞了很多悼念专辑。

上野是日本最负盛名的樱花园，夹道是蓊

郁的樱花树，这些樱花树都经人工剪辑，略呈半球形，花开时如一道月形的彩虹。上野的樱花，与富士的月色、大岛的晴沙、相模湾的荒浪是并美的。但这种美，在日本人眼中也有苍凉味，有一位诗人曾写道："在花的云霞里，钟声是上野的吗？是浅草的呢？"花是快谢的，钟声是一记促醒，还是如浅草夫子庙一样，有着怀旧的禅意？

我去上野的时候，樱花还未开，落叶却先飘零。有点枯焦的枝叶在晴空无可奈何地颤动着，不禁使我想起曼殊大师的一首脍炙人口的诗："春雨楼头尺八箫，何时归看浙江潮？芒鞋破钵无人识，踏过樱花第几桥。"这位中日混血的诗僧，在异国、春雨和悲凉的尺八箫音中，披戴僧服芒鞋，彳亍于落红飘零的小桥流水间，兴起缱绻的乡念。

其实，大自然的花木是无情的，它们的悲欢，是因人而异。在冰心的笔下，樱花是象征友谊的，同样的意念，日本诗人也曾揭示过：

寄来芳野一枝樱，

吹入南风千载情。

世路峥嵘惟重义，

红花数点满房明。

这里的樱花既盈情，也载义，在坎坷的世途上，令人增添一份温煦，一份明丽。

冷艳的富士与乙女

日本是海之国，也是山之国。因为有了海，便多一份妩媚；因为有了山，便增一重气势，这也是日人特别恋栈山水的因缘。

巍巍的富士山，海拔虽然只有 3767 米，但是她在日本人心目中的地位，是崇高得几乎神化了。日本诗人便有"东海仙山是此峰"句子，日人直当富士山是蓬莱仙山。向她顶礼膜拜的人，如果目睹她清美的仪容，便喜出望外，自以为从此便会交上好运。

富士山经常笼覆着大雾，但我们几次与她邂逅，她都是掀起盖头，笑脸迎人。晴日下的富士很美，但这种美，也是冷艳的。这不仅仅是因富士的山峰经年积雪，而是因她的整体圆锥形山体远看的色调也是冷的白与蓝，有一股逼人的艳光。

日本诗人石川重之形绘暮色中的富士是"云如纨素烟如柄""白扇倒悬东海天"，"纨素""白扇"就蕴含冷意！

还是安积艮斋咏富士，能够酿造出一点气势："万古天风吹不折""青空一朵玉芙蓉"。玉芙蓉的比喻很是清丽，清丽之中，也是幽幽然的。

第一次瞻到富士丰姿的是在赴箱根途中的乙女峡。我们的旅游车在那里小驻，我们第一次见到富士山，雀跃得差一点要展翅。在乙女峡眺富士，毕竟太邈远，她予人一种无限的永恒之感，一直延伸到天的边缘，但这种永恒也是虚遥的，虚遥得难以捉摸。因此，我们转而对乙女峡这个名字感到兴趣，向导便向我们缕述以下一个凄美的故事——

乙女峡恰巧在富士山的对面。话说在很

久以前——当然绝不是昭和年间了，这里住着不少日出而作、日落而息的村民。在这村野地方，却有一个出落得美丽娉婷的姑娘，引得许许多多小伙子患上单相思病，这位姑娘就是乙女。乙女对于踵门说媒求婚的人一概给以闭门羹。原来乙女是一个至孝至善的女孩子，堂上有卧病的老父。她声言她的父亲一日病未痊好，就不结婚。乙女在家除了应付繁重的耕作和家务外，还要侍候病榻上的老父，含辛茹苦，衣不解带，俊俏的脸容也失去了光彩。后来，有好一段日子，乙女倏地有些异乎寻常的行径，每逢半夜都摸黑外出，直至翌晨才归，村里的好事之徒便诸多忖测。一时飞短流长，说是乙女半夜背着老父去会情郎。流言传到乙女的老父耳中，这位老人疑信参半，某一夜，便从病榻挣扎起床，衔尾跟踪乙女。乙女一径地向富士山方向走，并往山上跑。老父越跟疑云越浓，心中越是气忿，暗暗咒骂着不守妇道的女儿。当乙女爬过富士山的半山腰，一个不小心，跌落旁边一个深坑。老父见状，不但不加以援手，还对着在坑中呼号的女儿大骂。老父往山上一望，望见山顶有一座寺庙，便想跑到寺庙查问一下女儿的劣行再作理，先弃女儿于不顾，一直爬行到寺庙。待他入到寺庙，见过方丈，查明事实，才知道他的女儿曾到这所寺庙许下心愿，说是只要菩萨保佑她的父亲痊愈、长命百岁，她愿意每晚到这里诵经跪拜到天明。老父听后，没命地向半山腰跑，但他的女儿已魂断离恨天。老父愧悔交集，便也纵身跳下深坑，跟随女儿而去。

我们听罢这个故事，不禁黯然神伤。我在想：这该责怪愚昧的父亲，还是愚孝的乙女，但谁能忍心怪他们？那么，又该怪谁？

富士山是清丽出俗的，为什么牵系着这样一个凄然哀伤的故事？

这抹阴影像一块乌云，沉滞而不散。

后来我在五合目（富士山的半山腰）所看到的富士山，原来不过是一座铁褐色的土堆，大抵原是火山的缘故。这里的树木并不茂盛，花草也不繁荣，感到的是那一点荒凉味，这荒凉也糅杂了乌云的阴影。

从五合目下来，当晚我们下榻于山中湖大酒店。翌晨，由于我们的旅游车抛锚了，开不动，司机立即急电总公司另派车来接载，我们趁耽下来的时间去游山中湖。

这一天早晨，天气大晴，富士山就在眼前，平常痴恋在峰巅的薄如丝翎的轻云也飘失了，就像刚从湖中钻了出来，清明透亮，不沾微尘，高洁、灵秀。"这是乙女的显现吧？"我憧憬着。

富士有五湖，我们去的是离酒店不远的宾尼湖。宾尼湖湖水很蓝，蓝得很深，连天空也被染蓝，富士就像巧绣在蓝缎子里，凝定了，又如少女的皓齿，掉进湖中。

我如入一个空明的世界：蓝天、艳阳、蓝湖、银浪、青山，还有从山林那边飞来的黄色和花点的蝴蝶，蹁跹不断。我想，这该是富士山最美和最平煦的一面，但这一面是否也是乙女一个凄美的笑靥？

我始终拭不掉心中那块乌云！

土地的恋情

> "我的脚却永踏着土地，我永嗅着人间
> 的土的气息。"
>
> ——李广田《地之子》

日本人有些传统观念与中国人很接近，例如对土地的眷恋。

在中国广大村落的人们，对于祖传下来的屋和地，都看得很重，觉得既是前人的东西，都应该好好珍惜。我们先不要非议保守的地方，单是这种对先辈虔诚的精神，当是可嘉的。

日本平民所居住的地方，都很贴近土地，他们大都是一式的板屋平房，就算在东京区，在华美新厦的背后，也有着不少鳞次的平房。这芸芸平房，如果不是被风灾、地震、烽火所毁，大都是从久远的年代遗留并保存下来。平房的主人，不会因陈旧而拆建，只会因破败而加固，他们不觉得旧是罪过，罪过的是不善于保存旧的而且好的东西。

在东京，听一位姓刘的留学生说，日本人的确是很热爱土地，他们觉得住在高楼大厦的人，就像一个没有脚踏实地的人，是令人不安的。他们之中，很有些人拼上毕生积蓄，买下一小片地（而不是买下大厦一个住宅单位）。他们在这块土地上，建起一栋小小的平房，然后在这小屋的一小角，辟一小块做庭园，作为平常翻翻土、锄锄草的地方，以求与土地多取得亲昵的机会。

我下半段的旅程是住在东京都文京区闹市的善邻学生会馆，这是由当地华侨总会管辖的留学生宿舍。我每趟外出回来，从饭田桥国铁站的出口，跨过一道天桥，我总喜欢绕过通衢的街道，转入一条短短的小巷，小巷大抵都是旧平房。虽然是砖石屋，悠长的岁月在它们上面覆着斑驳灰褐的霜痕，有些墙壁已剥落，有些则是后来敷上石英水泥的。尽管这样，它们仍然很好地生存下去。在它们的前沿，都腾出一点空地，置放盆栽，或者栽上一株针松或玉兰。

日本人爱住平房板屋，有许多人纯粹将其归结为日本处于地震带。历史上一场关东大地震，使得日本哀鸿遍地，日月失色，令日本人的心理抹上一层阴影。这是表面的原因，或者说是重要的原因之一。如果生活在日本人中间，就会知道，日本人对土地的挚爱，是出自天然的和一种执着的感情。这种感情日本人有，中国人也有。

有土地，才有根，根必植于土地之中，中国传统说法之中，便有"落叶归根"四个字，根与土不是也有共通的意念吗？

岛国风情

充满色彩的国度

夏日，是丰厚、成熟的。

菲律宾是属于夏日的，艳艳的赤道阳光，长年照耀，十分绚丽。

植物在阳光的炽热爱抚下，显得蓊蓊郁郁，十分繁茂。

菲律宾的花卉品类之多，即使是老练的"花王"，也难以一一数清。

南国的花市是够热闹的了。而菲律宾的花市，布满浮泛在太平洋的七千多个岛屿上。

不论是北部的北吕宋，还是南端边陲的棉兰老岛，不管是马尼拉，还是宿务、三宝颜市，到处都是花团锦簇，到处是艳色与浓香。

南国的鲜花，如剑兰、吊钟、玫瑰、菊花、茶花、大丽花……在菲律宾触目可见，而且是四季常开的。

花，似乎与菲律宾人民结下了不解之缘。

从漂亮的别墅，到用茅草竹条搭盖的高脚廊，在这些大小建筑物的门沿、屋前、屋后，都有鲜花的拥簇。

勒杜鹃、炮仗花、鸡蛋花爬满篱笆和屋檐，当然还有黄蓝红绿紫白青七彩缤纷而不知名儿的花。

在菲律宾"州府"（即闽人所称的"山顶"——荒僻的山村），人们喜欢在屋前种一二畦花圃，有些则围绕着屋宅种一二圈的花树。远看恍若花的大圆球，更贴切地说，该是花的堡垒！

有一次赴南部华埠旺木的途中，沿路的小茅屋，都栽种着花木，宛如一匹镶花的彩缎，煞是奇观。

贫苦人家栽花是没有那么考究的，花瓶大抵是废物利用，例如废罐头、缺损的玻璃樽、瓦罐、竹筒、木桶，甚至破痰盂，都是美丽花卉的栖所。

这些花卉，不少是放在屋沿、廊下，也有些是用粗绳、竹篾吊在窗前、门上的，尤其是爬藤类，枝、叶、花朵从吊盆探伸出来，在空中晃啊荡的……别有风味。

菲律宾，是充满色彩的国度！

醉人的绿流

菲律宾人是热情好客的，朋友来自远方，临别的时候，准会送一些传统的纪念品给对方。

在缤纷的纪念品中，不乏椰子装饰品，包括椰雕及椰制饰物。

如果世界上除了"国花"，还有"国树"的话，椰子是菲律宾的"国树"，相信是毫无疑义的了。

因为，"千岛之国"是世界产椰子最多的国家之一。

因为，菲律宾人民的生活与椰子息息相关。

菲律宾人吃的是椰油，喝的是椰花酒；菲

律宾出口最大宗的是椰干……

在"千岛之国"，从人烟稠密的市镇，到阒无人烟的原始林区，都有椰子的芳踪。

"椰子长伴左右"，到菲律宾旅游的人，都有这样的感觉。

虽说是如影随形，但并不令人生厌。它们静静地独踞一隅，伫立在路旁、田畦、屋后、山头……

椰树的姿态是伟岸的。

椰树是值得赞美的。它艰苦卓绝如苦行僧，因它的行脚遍及"千岛之国"的崇山深壑；它似热情健美的菲律宾女郎，因它是天然的歌手和舞蹈家。

歌，是风起处澎湃的椰涛，曼吟如鼓乐。

舞，是修长如少女柔发的椰叶，临风伴着它纤纤的腰肢而摇曳生姿。

风是敲击手，风起，荡起一片绿色的舞姿；风过，奏起一阕雄浑崇美的交响乐。

舞蹈家邓肯，曾经向它学过许多优美的舞蹈语汇。

中国，对椰树并不陌生，远在古代，就传诵着一个神话，晋嵇含《南方草木状》云：

> 椰树叶如栟榈，高六七丈，无枝条，其实大如寒瓜，外有粗皮，皮次有壳，圆而且坚，剖之有白肤厚半寸。味似胡桃而极肥美，有浆饮之得醉，俗谓之越王头云。林邑王与越王有故怨，遣使客得其首，悬之于树，俄以为椰子。林邑王愤之，命剖以为饮器，南人至今效之，当刺时，越王大醉，故其浆犹如酒云。

喝椰汁过多而醉，是较少有的，但是如果你置身在菲律宾南部椰林区，看千株攒簇，万棵摇曳，你准会迷醉于那万顷的绿流的。

金灿灿香喷喷的三月

"千岛之国"的三月是金色的。从南到北，大街小巷，肩挑的、头顶的、车载的、船运的……都是金色的美果：芒果、香蕉、凤梨、菠萝蜜……

"吕宋芒"已闻名遐迩了。它是产于菲律宾巴丹省的一种硕大的"水牛芒"。

这种芒果色泽粉黄光溜，个头有巴掌大，汁多而味甘美。

这是地道的"吕宋芒"。其他种类的芒果，则遍布"千岛之国"。菲律宾人经常将芒果当菜佐饭，据说格外醒胃。

芒果，在古代已传入中国，明人屈大均在《广东新语》中称"蜜望"，书中记载："蜜望，树高数丈，花开繁盛，蜜蜂望而远之，故曰蜜望。……色黄味甜酸，能止船晕。飘洋者重金购之。一名望果。……"

蜜望、望果，其实是蜜芒和芒果谐音，据屈大均的解释是"贵之故望之"，所谓"蜜望其花，人望其果也"。言之成理。

芒果与中国渊源的久远，于此亦可见一斑了。

香蕉，曾有欧洲作家将它喻为《旧约》中所提到的"禁果"，却是菲律宾人民的副食品。

菲律宾人民常年将香蕉当作点心，他们喜欢将香蕉隔水蒸熟或用椰油炸成金黄色，作为零食。炸香蕉很甘香，再拌些许幼白糖，端的是甜滋滋、香喷喷、热辣辣，色香味俱全。

蕉林椰雨是旖旎的热带风光之一，"雨打芭蕉"的况味是我国古代诗人追寻的澹雅境界。

凤梨，这种被英国散文家查尔斯·兰姆目为"超群"的果王，在"千岛之国"，是遍地皆有。不论是濯濯童山，还是漠漠沙滩，都生长得满坑满谷。

凤梨粤人称"菠萝"，"千岛之国"另一种以菠萝命名的水果是菠萝蜜。

菠萝蜜比凤梨要大得多，每个重量一般有一二十斤。中国古书《瀛涯胜览》已有清楚的描绘："其菠萝蜜如冬瓜之样，外皮似川荔枝，皮内有鸡子大块黄肉，味如蜜，中有子如鸡腰子样，炒吃，味如栗子。"明朝王佐作有咏菠萝蜜古风一首，其中有"簇簇黄金苞，十百聚一母。异香谢龙脑，慎择敢轻剖"，对菠萝蜜的色香味是勾绘活现了。

无巧不成书，这些美果都是金灿灿、香喷喷的。

——好一个金灿灿香喷喷的三月！

想起斑斓的海贝

从"千岛之国"收来的纪念品，不少是色彩斑斓的海贝。

这些海贝有些是朋友送的，有些是捡自海滩的。

据说世界上有十余万种贝壳动物（又称软体动物），究竟生长在菲律宾沿海的贝类有多少，人们也说不清。菲岛有七千多个岛屿，这些海岛蕴藏着丰富多彩的海贝，这已是众所周知的。

诗人说："沙滩太长，本不应留下足迹。"但一踏足"千岛之国"绵延迤长的沙滩，就情不自禁要留下脚印，发现斑斓色彩的海贝，就忍不住要俯身捡拾。

在人类还未使用黄金和纸币之前，那些珍异的海贝，曾被人们当作物件交换的媒介。

自从使用黄金和纸币后，人们又将海贝雕

制加工成日用品、装饰品。

一个海贝艺人临死前说："你知道不知道，贝壳为什么这样绚美？我告诉你吧！贝壳是在大海里成长的，它受到海水的滋润，阳光的照射，捕捉了星光、彩虹的颜色才成长的，它才有那么漂亮的色彩。要做成不辜负海贝光彩的艺术品啊！"

人类自古以来便十分珍视海贝天赋的风姿。中国劳动人民很早便晓得将海贝漂染、雕制成精美的艺术品。同样地，菲律宾人民也没有辜负了海贝艺人的期望，他们很早便善用丰富的海贝宝藏。

很早以前，伶俐机巧的姑娘已晓得，以蚌壳为瓣，以螺壳为叶，能镶嵌成绚烂的花朵。

菲律宾的海贝是美的，最常见的有红得像太阳、白得像月亮的日月贝，有褐色或黑褐色花斑、形同虎背的虎斑贝，有形状怪异、光泽丰富的蜘蛛螺、粟斑凤螺等等，总之名堂繁多，异彩纷呈，美不胜收。

漂亮的海贝本身就是一件颇具欣赏价值的

艺术品，再加上菲律宾艺人灵巧双手的加工，便完成多姿多彩的饰物和艺术品。

不少游客赴菲律宾，都会购买一些贝壳纪念品回去，分送朋友。

我喜欢天然的、未加雕琢的海贝，因为这些海贝有着"千岛之国"海水腥味，志记着太平洋的风涛，有着赤道阳光的斑痕——它们是捕捉"千岛之国"的星光、彩虹而成长的。

我将这些斑斓的海贝置放案头、茶几、花瓶，甚至供养在水里，每次把玩这些海贝，好像握一把温炙的热情，耳畔隐约闻到西太平洋拍岸的脉搏。

层峦叠翠　大地回旋

如果你赴碧瑶，舍飞机而乘搭长途公共汽车，向海拔五千英尺的山城盘旋而上，只见一面是千岩竞秀的高峰，一面是万壑争流的峡谷，在溪涧与山崖之间，在峰峦与峰峦之间，在千回百转的陡坡上，会发现芳芳萋萋的锦绣绿畴，一圈圈如大海的涟漪，向山崖、甚至绝壁荡开，荡开。

这瑰丽的奇景，是菲律宾劳动人民的心血结晶：梯田。

人类是从原始的林野，从无尽的丛莽，从长满滑漉漉苔藓的大地上走出来的。

在遥远的上古，人们栉风沐雨、胼手胝足，利用原始工具，花费千千万万个劳动日，用血汗垦殖出一爿爿的绿洲，并且在悬崖绝壁上挥写着旷古奇观的"梯田文化"。

菲律宾的梯田文化已有着几千年的悠久历史。

而菲律宾的梯田文化的荟萃，则在吕宋岛的高山省。在这里，伊夫高人在连绵的峰峦，依着山势，建筑起一级级的台地，垦出一块块井然有序的田地，再从山洞引出清澈的泉水，用以灌溉，绣出锦畴一片。

从高耸的山下眺望，只见层峦叠翠，直连霄汉，雄奇卓然。

有人统计过，如果将高山省巴那委梯田衔接起来，长达一万九千公里，足可环绕地球半周。

这是浩然壮观的伟构，人们认为足可以与

世界上人类其他伟大的古代工程媲美，而巴那委梯田已被美誉为世界第八奇迹。

至于梯田文化传入菲律宾始于何年何月，则有种种的说法。

其中的一个说法是：公元前二千年，一批富于冒险精神的人们，开始移民高山省，并带来了梯田文化。而这些移民，在当时便已知道应用青铜和铜，因此，推测他们可能来自中国南部沿海和中南半岛。

这个说法，使人想起中国广袤丘陵地区的梯田。

世界劳动人民都有共同超卓的智慧；人类的子孙，以连绵的伟大和奇妙的双手，创造了许多雄伟的奇迹。

最动人的奇迹之一，就是把高山变成梯田。

这些荆棘满坡、乱石戟立的山崖，在人类磅礴和神奇的意志下，幻成了一圈圈柔美的曲线，层层叠叠地伸展到青天，如绿衣飘兮的嫦娥，去探天拨云。

这是大地的回旋，是诗人眼中奇妙的图景。

寻找失落了的香港文化景点

一、湮灭的文化遗址

内地各地近年大举兴建文化景点，提升城镇的文化质素，增添文化旅游新景点，蔚为具有大远见的策略。

反观香港，近一百多年，香港曾是不少知名的文化人、政治领袖居停的地方，但是留下的文化遗址却凤毛麟角。

早年孙中山先生曾在香港大学学医，足迹遍及香港。港府直到 2006 年才开设了一间孙中山先生纪念馆，位于香港岛中环卫城道七号，前身是何东胞弟何甘棠的住宅甘棠第。纪念馆是香港历史博物馆的分馆，介绍中国民主革命先驱孙中山的生平及他与香港的关系。

少年时代的孙中山，在美国属地檀香山先后就读于英美教会所办的意奥兰尼学校和奥阿厚书院。1883年至1886年，孙中山到了香港，先后就读拔萃书室、域多利书院。

毕业后，孙中山先进广州博济医院附属南华医学堂学习，后来转入香港西医书院（这所学校后来并入香港大学）学医。在校期间，孙中山不但努力攻读医学，而且还广泛研读了西方国家的政治、历史、军事、科学书籍，并结识了不少有志革命的青年朋友。1892年7月，孙中山以最优异的成绩从香港西医书院毕业。

以上三个孙中山在香港学习的地点，都没有留下任何遗迹和纪念景点，是令人感到遗憾的事。

至于其他文化名人的景点，特区政府也都漠视了，随着城市的开发和发展，这些景点都一一湮灭。

广东的佛山、顺德很早便建成李小龙纪念馆，连同美国的李小龙纪念馆，成为全球鼎足而三的李小龙纪念馆。

而作为李小龙的原居地香港，连一个正规的纪念馆都没有，只有民间在筹划。就笔者所知，2000 年欧锦棠自掏腰包拿出十多万港元在油麻地一个四百英尺的地方成立李小龙纪念馆，只维持了一年，不疾而终。

港府在香港市民催促及签名行动下，亦曾有意设立李小龙馆，其中两个较具规模的计划，最后都落空。

早年我曾策划编辑一本《永恒巨星的一生——李小龙》大型纪念画册（明报出版社，2000 年 11 月），知道李小龙在香港共有三处故居：小时候与父母兄弟姐妹同住的弥敦道 218 号一楼；1971 年一家四口回港生活暂住的窝打老道明德园套间；第三处是逝世前的故居九龙塘的栖鹤小筑，这亦是他最喜爱的居所，占地连花园共五千英尺，花园地面以小圆石铺砌，很是别致。当年李小龙向媒体说，栖鹤小筑恍如世外桃源。

前两个李小龙故居，已不复存在了。至于对李小龙最钟爱的居所——栖鹤小筑的保育，香港特区政府一直不予重视，也没有作任何表态，最后还幸由大业主余彭年主动提出，愿意捐出来辟作李小龙纪念馆，但因特区政府代表的傲慢态度，与余彭年的谈判最终以失败告终。换言之，在香港，李小龙连一处旧居都没有了，真是死不瞑目！

最讽刺的是，香港的李小龙馆被搁置，美国西雅图政府已决定建立"李小龙动作博物馆"（Bruce Lee Action Museum）。

李小龙于20世纪50年代后期至60年代中期在西雅图生活，在这里求学、结婚，1973年逝世后葬于西雅图湖景墓园，其子李国豪1993年死后也葬于此。

歌星邓丽君名闻遐迩，她位于香港南区赤柱佳美道的故居，最后被转售并拆卸。这是一栋两层的西式别墅，占地七千一百五十平方英尺，邓丽君于1988年以七百万港元购入，花了一年的时间装潢，翌年入住，一直到她于1995年逝世为止。

故居外墙为绿色，有半圆形的露台，室内

装潢及家具则以邓丽君喜爱的粉红色及紫色为主。这是邓丽君逝世前的香巢，是珍贵的文化遗迹。为什么香港特区政府不出手抢救——甚至购下，作为邓丽君文化纪念馆？

倒是为了纪念邓丽君逝世十周年，邓丽君文化基金会在广西桂林按香港故居的原貌，于愚自乐园兴建了邓丽君纪念花园和纪念馆。

此外，邓丽君基金会与台北县观光局，耗资五千万元新台币，在金山邓丽君纪念园区复原故居及兴建文物展览馆，成为邓丽君文物最丰富的展馆。然而真正的赤柱邓丽君旧居却被颟顸的香港特区政府官员断送掉。

二、香港当局，有愧于文化古人

对香港有重大影响的另一个五四时期知名作家是许地山，笔名落华生。1921年1月，许地山和沈雁冰、叶圣陶、郑振铎等十二人在北京发起成立文学研究会，创办《小说月报》。他是五四时期新文学的代表作家。

1922年，许地山前往美国哥伦比亚大学研究宗教史和宗教比较学，获文学硕士学位；后转英国牛津大学，研究宗教学、印度哲学、梵文等；回国后在燕京大学任教，当时被学校当局认为思想激进，没被续约。

1935 年秋，经胡适介绍，许地山受聘为香港大学教授，主持中文学院。香港大学自开办以来，担任教授的中国人，第一位是王宠益（任医学院教授），第二位便是许地山。

许地山对香港大学贡献良多。他甫上任，立即将课程分为文学、史学、哲学三组，并革新课程内容，使之更充实和现代化。他主持中文学院后，该院面貌焕然一新。他还锐意改革香港的中小学教育和业余教育，亦主张改革八股文，提倡拼音文字，为香港的教育改革出了大力。

许地山积极参加香港文化活动。先后参加中英文化协会、中国文化协进会和中华全国文艺界抗敌协会香港分会等，他在这些文化团体中均担任重要职务。难得的是，他在文化团体，挂的不是虚职虚名，而是脚踏实地、身体力行为社团干事，并卓有建树，备受称许。

1941 年 8 月 4 日，许地山因积劳成疾，心脏病突发，逝世于香港寓所。这时，正当他的事业如日方中，不幸遽逝，享年仅四十七岁，令人惋惜不已。

他的真正死因迄今仍然成谜。据许地山的友人说，1941 年夏，许地山独自一人到新界沙田度假，忽感不适而终；另一说是他在沙田染上毒蚊症，7 月 28 日返回香港寓所，次日还出外开会，后来心脏病发作，至 8 月 4 日逝去。

远在中国大后方重庆的周恩来、郭沫若、老舍等听到许地山的噩耗，都感到意外和非常悲痛。

许地山在港六年时间，呕心沥血推动教育文化事业，热情投身抗日救亡运动，认真从事学术研究，深受香港社会各界敬重。

许地山逝世后，孙中山夫人宋庆龄送来了花圈，颜惠庆、王云五、周寿臣、甘介侯、简又文、史乐施、叶恭绰、梅兰芳等社会名流以及各界代表近千人参加祭仪，场面感人。许地山遗体后来被葬于薄扶林道坟场。

时人对许地山的学问也许不大了了。大学问家陈寅恪对许地山的学术成就和宗教史研究十分推崇，他写道："寅恪昔年略治佛道二家之学，然于道教仅取以供史事之补证，于佛教亦止比较原文与诸译本字句之异同，至其微言大义之所在，则未能言之也。后读地山先生所著佛道二教史论文，关于教义本体俱有精深之评述，心服之余，弥用自愧，遂捐弃故技，不敢复谈此事矣。"（陈寅恪《论许地山先生宗教史之学》）

许地山的病故，陈寅恪更有挽联志记他在香港期间的生活，令人感喟："人事极烦劳，高斋延客，萧寺属文，心力暗殚浑未觉。乱离相倚托，娇女寄庑，病妻求药，年时回忆倍伤神。"从陈寅恪的挽联可见，许地山是劳累过度而逝的。

许地山对香港文教事业贡献最大，他对香港大学和香港中小学教育倾注了全副心力，可谓鞠躬尽瘁，死而后已。迄今香港连一个许地山纪念馆也欠奉，实有愧于古人！

三、无声的香港

知名作家鲁迅与香港也有过密切的关系，他一生中曾三次到过香港。第一次是 1927 年 1 月 17 日由厦门赴广州途中路过；第二次是同年 2 月 18 日至 20 日应邀在必列者士街 51 号的香港青年会发表演讲，讲题分别为《无声的中国》和《老调子已经唱完》，旨在反对用僵死的文言文，冲破思想禁锢，并警惕西方列强利用旧中国的腐败文化来进行殖民统治。演讲受到香港文学界及青年们的热烈欢迎，成为推动香港的新文学运动的动力。同年 9 月 28 日，鲁迅由广州赴上海，第三次在香港停留。（有关情况，鲁迅的《而已集》中的《略谈香港》和《再谈香港》均有记载）

鲁迅于中国大地一片晦暗的日子，在香港青年会发表的著名演讲《无声的中国》，曾激励全国青年和民众，他呼吁"青年们先可以将中国变成一个有声的中国。大胆地说话，勇敢地进行，忘掉了一切利害，推开了古人，将自己的真心的话发表出来"，"只有真的声音，才能感动中国的人和世界的人；必须有了真的声音，才能和世界的人同在世界上生活"。（鲁迅《无声的中国》，1927年2月18日在香港青年会上的演讲）

鲁迅在香港激昂的演讲迄今仍令人低回不已。他演讲的地点，原可以保留下来，作为研究者、爱好鲁迅作品的读者甚至游客参观的景点，今天已了无痕迹，只留下"无声的香港"。

20世纪40年代，许多知名进步文化人、作家为躲避政治迫害，南来香港。东北女作家萧红在香港逝世，曾下葬浅水湾，后来因港府不予重视，被迁往广州银河公墓安葬。

1982年秋，我曾陪萧军及其千金萧耘到浅水湾滩头，寻觅萧红当年下葬之地，却无从辨认。结果萧军父女乘兴而来，败兴而去。

1941年12月8日，太平洋战争爆发，日军占领了香港岛和九龙。当时萧红的肺病愈来愈重，端木蕻良委托文友骆宾基代为看护萧红，他外出筹集医疗费用和寻找尚未被日军接管的医院。几经转移，萧红被送入了圣士提反女校的红十字会临时救护站。1942年1月22日上午，萧红以三十一岁的英年离开人世。萧红的遗体火化后，遵照萧红遗愿，端木蕻良将骨灰分装在两个瓷瓶里，与骆宾基一道，设法越过日军的封锁线，把其中一个骨灰瓶葬于滨海的浅水湾，把预先准备好的"萧红之墓"字样的木牌竖立于墓前。另一瓶骨灰则在一位大学生的帮助下埋在圣士提反女校后山山坡的一棵树下。

二十多年前，日本女汉学家池上贞子教授特地远道跑来香港找我。她说，据端木蕻良透露，萧红逝世于圣士提反医疗所，她的骸骨曾埋在香港岛圣士提反女校的秋千架下。结果我偕她跑到圣士提反女校却不得其门而入。

为了避难，1940年1月，患上肺病的萧红与夫婿端木蕻良从重庆同抵香港，先寄居九龙尖沙咀金巴利道诺士佛台，1941年又搬到乐道8号的小屋。端、萧居于香港五年间，是他们创作的高峰期。萧红的代表作《呼兰河传》就是在香港完稿，其他重要著作如《小城三月》《马伯乐》《旷野的呼喊》等等都是在香港创作的。

1941 年 10 月 21 日到 23 日，萧红为纪念鲁迅诞生六十周年还带病勉力创作了话剧《民族魂鲁迅》，并在杨刚主编的香港《大公报》文艺副刊上连载，这是第一部以鲁迅为主人公的话剧剧本。

至于端木蕻良的代表作《科尔沁旗草原》及其他著作如《风陵波》《江南风景》《大时代》（《人间传奇》第五部）等等，也都是在香港完成的。香港可以说是萧红与端木蕻良两位作家的重要创作地，也是萧红终焉之地，目下都没有任何有关他们的纪念遗址留下，是十分可惜的事。

四、戴望舒与香港

与香港有密切关系的，还有五四时期重要诗人和翻译家戴望舒，他于 1936 年 10 月与卞之琳、孙大雨、梁宗岱、冯至等人创办了《新诗》月刊，这是中国近代诗坛上最重要的文学期刊之一。抗日战争爆发后，戴望舒转至香港主编《大公报》文艺副刊，并且创办了《耕耘》杂志。1938 年春主编《星岛日报·星座》副刊。1939 年和艾青主编《顶点》。

关于戴望舒在香港的情况，小思曾作了深入考究，特别提到在日本占领香港之前，戴望舒没与其他南来的中国作家撤退往后方的谜。原文写道：

> 1941 年 12 月，香港度过一个著名的黑色圣诞日。12 月 25 日下午，日本的先头部队到达了中环的香港酒店，香港政府已竖起白旗，戴望舒与多数的香港市民一般，无可避免面临"在醉后那些形同禽兽的士兵便四出抢掠、强奸和杀人"的恐怖时刻。他服务的《星岛日报》也停刊了，这段日子，他怎样度过，没有文字记录。但在 1941 年 12 月底，到 1942 年春天，却有三百多名文化界知名人士，例如邹韬奋、戈宝权、茅盾、胡愈之、胡绳、金仲华、

于伶、宋之的、叶以群、廖沫沙、胡仲持等，在中共党中央指令下，受到东江纵队的保护，离开香港，安全抵达后方，为什么？三百多人中，没有戴望舒，这真是一个谜。因为论知名度，论抗日热忱，甚至论与左翼关系，他不该不在抢救名单内。

后来根据徐迟的说法，他是"舍不了他的藏书"。这一说法可能性很大。戴望舒不光是读书人，还是爱书人。他于1942年春天被捕坐牢，出狱后与友人合伙，在利源东街10号开设了一间叫怀旧斋的旧书店，除了收购一些旧书，还把自己的藏书也搬出来。

戴望舒在日据时期，还陆续为香港《华侨日报》编过《文艺周刊》、为《香港日报》编过《香港文艺》，其间还给几间报刊的副刊翻译外国文艺作品。也许因为这个原因，戴望舒后被人检举"附敌"。后来"附敌"一节被澄清，大抵与传说戴望舒在日据时期，曾化名写了几首反日民谣有关。其中有四首在日据的香港的民间十分流行。如调侃日本统治香港后在金马伦山兴建忠灵塔的民谣："忠灵塔，忠灵塔，/ 今年造，明年拆。"讽刺日本神风队不会有好下场的民谣："神风，神风，/ 只只升空，落水送终。"另两首是嘲笑日本的诙谐入俗的民谣："玉碎，玉碎，那里有死鬼，/ 俘虏一队队，/ 老婆给人睡。""大东亚，啊呀呀，/ 空口说白话，/ 句句假。"

如果民谣真的是出自戴望舒之手笔，以一个外省人（戴是浙江杭州人）能够以广东俗语入民谣，可见他对"广东话"曾痛下过苦功的。

戴望舒在香港后期贫病交迫。1949 年 6 月，他参加在北京召开的中华文学艺术工作代表大会，后担任新闻出版总署国际新闻局法文科科长，从事编译工作。1950 年在北京病逝，享年四十五岁。安葬于北京西山脚下的北京香山万安公墓，墓碑上有茅盾亲笔书写的"诗人戴望舒之墓"。

戴望舒在香港工作过，对香港文教事业作过贡献，可是今天我们到哪里去追思他的功绩？

五、张爱玲：香港对我有切身影响

香港对于张爱玲的一生和创作均具有深刻意义。她是在香港走上了文学道路，而在上海出名。她在小说中多次提到香港。

从 1939 年夏到 1942 年春为止，张爱玲在香港大学的求学阶段，对其以后的创作人生影响很大。她在《小团圆》中用了大量的篇幅叙述了自己的这段求学经历。

1943 年，张爱玲发表的《第一炉香》和《第二炉香》，都是以香港为背景的故事。其后的名作之一《倾城之恋》以及其他几篇作品如《沉香屑》《茉莉香片》等等，都是在讲述香港的故事。

张爱玲在 1944 年的一篇以《烬余录》为题的散文写道："战时香港所见所闻，唯其因为它对于我有切身的、剧烈的影响，当时我是无从说起的。现在呢，定下心来了，至少提到的时候不至于语无伦次。然而香港之战予我的印象几乎完全限于一些不相干的事。"

张爱玲曾入读香港大学。她在香港期间，还任职于美国新闻处，开始创作小说《秧歌》《赤地之恋》，小说的故事背景是土改时期，是张爱玲重要作品。

张爱玲后期最主要的另一长篇小说《怨女》，也是首度连载于香港《星岛日报》。直到1955年秋离港前，她还翻译了海明威《老人与海》和《爱默森选集》等书。

1961年，张爱玲又重返香港寻求机遇，后因张爱玲在美国的丈夫赖雅因中风瘫痪卧床，于是她从香港匆匆赶去美国照顾丈夫。那是1967年的事。

香港红学专家宋淇与张爱玲交情甚笃。1961年张爱玲还在宋淇于九龙加多利山的家住了数个月。宋淇夫妇还保留了张爱玲的遗物，这些遗物包括她的鞋子、衣服、书刊、文具、照片。

宋淇的公子宋以朗在宋淇辞世之后，继承接管张爱玲文学遗产，近年开始整理和研究他们在四十年间六百多封来往书信，皇皇然有四十万字，连陈列展览场所也没有，相信如果出版，将具很高的史料价值。

张爱玲的作品长期影响着海内外千千万万的读者，香港特区政府大可以建立一个永久性的张爱玲纪念馆，陈列张爱玲的遗物、手稿等，相信将为海内外热爱张爱玲的读者所喜闻乐见。

至于当代的作家却不用说。内地不少地方设立金庸作品的景区，如浙江的桃花岛、嘉兴南湖。杭州市政府在西湖畔植物公园，提供地方给金庸兴建云松书舍。云南大理、华山都有金庸作品的景点，金庸家乡海宁新近更大兴土木，创建了金庸书院，于 2010 年落成。

但是，反观金庸的成名地方——香港，竟无一处金庸的文化景点。香港负责管理康文处的官员都跑到哪里去了？

六、惊鸿游龙　春迹无痕

内地的艺人之中，可算梅兰芳与香港结的缘最深，也最为人所乐道。

梅兰芳第一次莅临香港时，十分轰动。梅兰芳到达香港之前，香港总督司徒拔爵士就接到英国驻华公使艾斯顿的一封信，嘱咐要特别关照梅兰芳，理由是梅兰芳"平时对于促进中英两国之间的友谊多有尽力"。司徒拔不敢怠慢，立即下令由警署派人全程保护梅兰芳。梅兰芳到达那天，九龙码头人山人海，除了荷枪实弹的大批警察外，更有闻讯而来的市民。因为人太多，一时间造成港九之间的渡轮暂停运作达数小时之久。

香港太平戏院老板源汝荣之外孙源志藩，记载了梅兰芳首次在香港太平戏院演出的空前盛况。1922 年 10 月 15 日，梅兰芳亲自率领一百四十多人到港演出。"十月二十二日首演，当晚演出的剧目是《麻姑献寿》，其中《采花》和《当筵》两场所博得的热烈掌声，更被报界以'惊鸿游龙'来形容。其后，长达一个月的演出，场场爆满，香港当时严禁加座，也不得不略为变通。就《霸王别姬》一剧则有两三人合二坐一座位的情况，而《上元夫人》《虹霓关》及

《嫦娥奔月》三剧之站立观剧人数更多达数百。当时城中更流传'三睇散花，抵得倾家'来形容一共演了三次的《天女散花》(当时一般打工仔的月薪不过十元，但一场梅兰芳的戏就要花费一至十元不等。优等座或优等厢房座每位皆需十元、贵妃床每位五元、正面厢房藤椅位或特等位四元、椅位每位二元五角、三等位每位一元)。"(源志藩《忆怀太平戏院的光辉》,《明报月刊》2009年11月号)

1937年日本攻占上海，梅兰芳为了不被日本侵略者所利用，于1938年初携眷和剧团来香港演出，避居香港。梅兰芳在香港演出的《梁红玉》《抗金兵》和《生死恨》，都是激励民族斗志的剧目。香港沦陷后，梅兰芳绝迹舞台，深居简出，为了消磨时光，他除练太极拳、打羽毛球、学英语、看报纸、集邮、与朋友谈掌故外，把主要精力用来画画。

梅兰芳是京剧大师，也深晓民族大义。为了防范日本人找自己演戏，梅兰芳毅然采取了一项大胆举措：留蓄胡子，罢歌罢舞。他慨然地说："别瞧我这一撮胡子，将来可有用处。日本人要是蛮不讲理，硬要我出来唱戏，那么，坐牢杀头，也只好由他了。"

梅兰芳由 1938 年到 1941 年在香港定居四年，除了文字的志记外，遗憾的是，香港并没有留下这位京剧大师的遗迹。

香港也是著名舞蹈家戴爱莲和大画家叶浅予的铸情之地。在英国皇家舞蹈学院的接待厅里，陈列着世界四位杰出的女性舞人的肖像艺术品，其中之一便是戴爱莲的石雕头像。

戴爱莲生于西印度群岛的特立尼达，祖辈华裔，侨居海外多年。她于 1940 年初春，在香港半岛酒店举行芭蕾舞表演会，她翩然的身影，飘逸奔放的舞姿，令全场观众看得如痴如醉，并感动了当时迁居香港的画家叶浅予。表演后，叶浅予亲自到后台送上一束鲜花给戴爱莲。这场表演会成为叶浅予和戴爱莲之间感情发展的一个契机和序幕。戴爱莲独特的气质和充满诗意的美感，令叶浅予为之倾心不已，两人从此热恋。

叶、戴的结合，为身在香港的宋庆龄女士所关注。宋庆龄主动地当他们的主婚人，并在九龙嘉连边道她的寓所里为叶浅予和戴爱莲举行了婚宴。

香港是戴爱莲与叶浅予的邂逅之地，对这两位艺术家来说，充满柔情和浪漫。而今情过时迁，春迹了无痕，我们也只好在文字中去缅怀他们的点点滴滴。

七、学人蔡元培之墓未受重点保护

香港不少望族先人包括邓肇坚、冯秉芬、傅老榕及周寿臣等都葬于香港仔华人永远坟场。中国著名教育家蔡元培于香港逝世后，因战乱未能安葬于故乡，结果也葬于此坟场。

蔡元培的墓保存较为完整，修整工作都是在民间进行的。可惜的是，政府缺乏重视，迄今没有斥资加以修葺成文化景点。

蔡墓位于香港仔华人永远坟场，只要越过上山的斜坡，至"同登仙界"的石牌坊，再向右行至"四望亭"，然后向山丘望去，在不远处

"资"字号地段即可见"蔡孑民先生之墓"。昔日蔡墓只有由叶恭绰刻书的"蔡孑民先生之墓"七个红字的小白石碑，今天所见的墓碑和"蔡孑民先生墓表"是1978年由北京大学同学会重修的。

蔡元培担任北大校长时采取"兼容并包"的办学方针，提倡思想自由及学术民主，延请大批进步的学者到校任教，对于五四新文化运动的诞生起了很大作用。而蔡元培晚年流寓香江，可说是延续了五四运动与香港的因缘。

1937年7月卢沟桥事变发生，抗日战争爆发。11月，当时任职中央研究院院长的蔡元培从上海来到香港，准备转赴重庆。但由于路途跋涉，蔡元培年事又高，体弱多病，恐不能支持，便留在香港疗养休息，暂居于跑马地崇正会馆。翌年2月，蔡夫人周氏与儿女自上海抵港，蔡氏一家便迁往尖沙咀柯士甸道，蔡元培更化名"周子余"，谢绝应酬。

蔡元培居港期间虽然摈除外务，但仍遥领中央研究院的职务。由于患有足病，他绝少外游，只游览过浅水湾、香港仔及沙田道风山等地，其余时间都静心休养和专注写作，编写有关美育的书籍及自传。1938 年 5 月 20 日，他应宋庆龄的邀请，出席由"保卫中国同盟"及"香港国防医药筹赈会"于圣约翰大礼堂举行之美术展览会，并公开发表演说。这是蔡元培在港仅有一次的公开演讲，其意本为公开话别，因为他已计划离港前往抗战后方，奈何因身体茬弱不堪，未能成行，病逝香江。

1940 年 3 月 3 日，年迈的蔡元培于寓所失足跌倒，次日入养和医院治疗，因胃部出血过多，终于 3 月 5 日病逝，享年七十三岁。遗体于 7 日下午在湾仔摩利臣山道福禄寿殡仪馆入殓。10 日，蔡元培举殡，香港各学校及商号均下半旗志哀。灵柩由礼顿道经加路连山道入南华体育场公祭，参加之学校及社团共万余人，极尽荣哀。其后灵车经波斯富街、轩尼诗道、皇后大道驶至薄扶林摩星岭道东华义庄，沿途围观者甚众。中国电影协会更将这些片段摄制成新闻片，于 12 日在中央戏院公映。

蔡元培灵柩初移厝于东华义庄月字七号殡

房，以待运回故乡浙江绍兴安葬，但因战事迭起，未能成行，遂移葬于香港仔华人永远坟场。从此，这位"五四元老、新文化的保姆"就长眠于香江。

北京大学建校一百周年时，曾有不少学人呼吁把蔡元培的墓迁入北大校园不果。香港特区政府迄今对这一个影响深远的教育大家，也不闻不问。

香港的文化景点之多，真是星罗棋布，遗憾的是，近百年来，在不懂文化的文化官员掌权下，却没有好好保护。当政者可以花巨大公帑去移植外来文化，如兴建迪斯尼乐园，却对自己珍贵的文化遗址不加珍惜，任其一一湮灭，才是令人痛心疾首的事！

庐山组曲

庐山，她是由多种美的元素组成的，正如一阕优美的山林交响乐，它是由好几段动听的乐章所组成的，那么，庐山的美的乐章呢？那是——

雨

庐山的雨，很有点出人意表，它来也匆匆，去也匆匆。有时你觉得天朗气清，却淅淅沥沥地下起雨来；有时你觉得阴霾满布，老天却憋住气，就是挤不出眼泪。

去庐山的途中，我们就遇上倾盆大雨，车窗外景物迷迷蒙蒙的，那颗兴冲冲的心，也冷了半截。但是，接待人员却安慰说："庐山的天气，谁能摸得准？往往是山下大雨瓢泼，山上天色澄明。"

乍闻之下，我们对这一说法都怀着疑信参半的心理。然而，事实就在眼前：车行未及牯牛岭，雨已跑得无影无踪了。

"东边大雨西边晴"。在庐山，这是司空见惯的事。一刹那间，山前浓雾聚拢，横雨疾飞，山后却是晴朗得令人刺眼。

庐山的雨，很有点飘忽。有一天清早，与同伴跑去观日出，回程时，天上滴下豆大的雨点，我们拔腿便跑；跑不到百步，雨却稳住了。我们只得相视而笑——原来给老天捉弄了。

"山椒云气易为雨"。庐山云雾很多，雨量格外充沛。接待人员说，那儿平均一年有一百九十天雨，雨天比晴天还要多。

庐山的雨并不惹人讨厌，虽没有疏雨滴梧桐、骤雨打荷叶的况味，但却是利利落落、清清爽爽的，湿润的空气，在冰凉氤氲中蕴含着芬芳。

香港的春雨，老是淫雨霏霏，溟蒙得令人

透不过气；庐山的雨，却没有这种弊病，尤其是暑天，午后一场大雨，溽暑尽消，舒泰宜人。

我觉得庐山的雨，不似春雨，缺少那分缠绵，却很像秋雨，有一分潇潇的洒脱。

雨与植物的繁茂是分不开的。因为雨多，庐山的树木格外蓊郁，每次雨后，植物仿佛经过一番洗濯，更加莹翠，倍添姿采。

雨后的山峦，油碧得可爱，玲珑的曲线也一一凸现出来了。在雄伟中，还有一种动人的妩媚。

我本来对雨有一分好感（摧毁性的暴雨除外），对庐山的雨，就爱得更深切了。

雾

雾失楼台，
月迷津渡。

——宋·秦观

雾景，往往予人一种朦胧美的感觉，但是，

浓雾却会遮蔽视野。

苏东坡的名句：

> 不识庐山真面目，
> 只缘身在此山中。

这除了指庐山的群峰攒簇、难窥全豹外，相信主要的因素，还是指庐山多雾，群峰常年云雾缭绕，很难看得真切。

雾多，是庐山的特色之一。而庐山的雾，更带有一分诡异，一分飘忽。

香港的春雾，浓得使人感到滞重，来时铺天盖地，来后又缠着不走，直冒着水汽。不管是鲤鱼门的雾，还是沙田的雾，都缺少一分飘逸的轻快。

庐山的雾，来得无踪，去得无影，总教你丈八金刚，摸不着头脑。

在庐山，老是与雾捉迷藏。我们两次登含鄱口，都遇到浓雾，固然看不到鄱阳湖，景物也是咫尺莫辨。有时在山下仰望，只见含鄱口一带，碧空如洗。但是，当你气咻咻地攀登后，雾已从四方八面涌来，使你为之气结。

有一天早上，放眼窗外，但见晴空万里，我们个个乐得手舞足蹈，以为下午的参观节目，不会受到云雾的缠绕。午饭后还来不及抹嘴，老天刷地翻了脸，白蒙蒙的雾，遮天蔽地涌来，使我们为之懊丧不已。

可是，有几次，临到出发参观前，到处还是模糊的灰色的影子，一到目的地，却是天朗气清，雾已不胫而走，景物也豁然地鲜明起来。

庐山的雾，是飘离不定的，有时你觉得是由山涧升起，有时是四面排空而来，有时如袅袅的轻烟，有时如缕缕的银丝，有时如万顷波涛卷来，有时轻盈如羽衣，有时沉凝如灰铅。

表面上看来，庐山的雾有点神出鬼没，但是，自然界总是有规律可循的。经过多天的观察，我们发觉：清晨的庐山，云雾较少；下午和黄昏，是云雾最多，也是来得最频繁的时候。

庐山的云雾并不惹人讨厌，它使庐山显得更妩媚，美得更含蓄，而庐山云雾茶，更是在它的熏陶下更加馨香飘逸。

山

山在虚无缥缈间。

庐山引人入胜的地方之一，恐怕是那份不经意的缥缈。

你不管从哪一个角度看，她都是半藏半露的，隐隐约约的。

有时，她恍惚浮翱于云雾中，看不到山麓、山腰，只有层峦叠嶂的顶峰，显露出险峻的轮廓。

有时，她恍惚沉浮于幽奥的山谷，顶峰被云雾隐没了，仅剩山麓依稀可辨，宛如曾被倚天宝剑裁去了一截。

有时，顶峰和山麓都秘藏了，只露出山腰那么一角，如飘自天边，显得那么轻盈。

天朗气清，山峰仍然眷恋一圈圈的轻烟，像浴后少女披上一抹轻纱，透出那细腻的曲线，更绰约，更动人。

庐山，并不太高，她的主峰——大汉阳峰

和五老峰，海拔只有一千四百多米，相当于三个多香港太平山的高度。

庐山的迷人处，不是高耸的山峰。中国高山大岳多的是，但是论妩媚动人，庐山该是名列前茅了。

"匡庐奇秀甲天山"。古人已将庐山的风韵，清楚地刻画出来了。这就是"奇"和"秀"的特点。

庐山的奇，首推含鄱岭。前人《度含鄱岭》有绝句云：

　　　　　苍虬绛节度峥嵘，
　　　　　下界微茫勺水明。
　　　　　最爱他山云似絮，
　　　　　不知身在絮中行。

　　　　　山锁平湖日锁烟，
　　　　　篮舆时在碧空悬。
　　　　　扪峦正似都无地，
　　　　　度岭还疑别有天。

含鄱岭的确经年云雾缭绕。置身其中，恍若腾云驾雾，使人有飘飘欲仙之感哩。

庐山东南五老峰，唐朝诗人李白曾有颂赞。但是，她最大的奇特，是远看如五个老人凌霄并肩而坐，近看才知五峰之间，距离甚大。"五老"风骨峻嶒，又如五朵飘云，翩翩欲飞，令人称妙。

庐山最高峰大汉阳峰，海拔一千四百七十米。她的峰顶常被云雾深锁，我们几次远眺，都无法窥其全豹。

庐山的群峰特别显得青翠，陆放翁形容青城山"山如翠浪"，以之形容庐山，也是恰如其分的。

水

庐山多雨，溪瀑如叶脉，纵横交错，密布全山。

溪流，由纵而下，飞流成瀑；由横而流，依山萦绕。

　　小溪涧，如娴静冰雪的少女，深入重叠的浓翠，汩汩而流；溪水澄明清澈，哪怕是一根水草，一粒沙石，一条游鱼，都历历可数。

　　瀑布，夭矫如野马，奔腾湍鸣，李白有两首诗，是描绘庐山瀑布。其中一首《望庐山瀑布》，将庐山瀑布刻画得淋漓尽致。诗句虽较长，但诵读之余，对庐山瀑布，相信会了然于怀。兹抄录如下：

　　　　西登香炉峰，南见瀑布水。

　　　　挂流三百丈，喷壑数十里。

　　　　欻如飞电来，隐若白虹起。

　　　　初惊河汉落，半洒云天里。

　　　　仰观势转雄，壮哉造化功！

　　　　海风吹不断，江月照还空。

　　　　空中乱潨射，左右洗青壁。

　　　　飞珠散轻霞，流沫沸穹石。

　　　　而我乐名山，对之心益闲。

　　　　无论漱琼液，还得洗尘颜。

　　　　且谐宿所好，永愿辞人间。

　　有人估计，李白这首诗所指的是庐山的乌龙潭瀑布和黄龙潭瀑布。李太白为了长伴庐山飞瀑，宁愿永留山间。可见这里瀑布的不同凡响。

　　庐山还有一个更著名的瀑布——三叠泉瀑布，迸珠喷雪，雷霆轰鸣。岭南诗人屈大均，他不但到过三叠泉，而且写下一首《咏三叠泉》的诗：

> 面面峰峦绝，
> 横天铁壁青。
> 飞泉若烟雾，
> 白昼走雷霆。
> 激石成三叠，
> 穿云出九屏。
> 无人知此胜，
> 来往水精灵。

　　这首诗，把三叠泉瀑布声、光、色、神都

描活了。

庐山的溪瀑夭矫，庐山的池泉也十分神妙。

庐山有两口天然池泉，神话般地出现在牯牛岭的东西两端。

这两口池泉下雨不溢，旱天不涸，始终保持一个水平线。因此，过去有些穿凿附会的传记，说什么这是天降之池，因而得名。牯牛岭西端的水池，称"大天池"，牯牛岭东北山顶的水池，称"小天池"。

庐山白花花的水，过去眼看着它浪荡、散失了；现在已被蓄成风光如画的湖——庐林湖和如琴湖，奔腾的水流已化成源源不绝的电流，为庐山带来光和热。

今天，庐山水不独可赏，还可尝、可用哩。

路

鲁迅曾经说过：

> 其实地上本没有路，走的人多了，也便成了路。(《故乡》)

　　我们现在行走的道路，很多就是先人披荆斩棘开辟来的。

　　开路先锋是可歌可颂的。例如我们在庐山所走的路，开阔而平坦，那也正是前人走出来的。

　　"庐山不可登，咫尺愁风云"。庐山原来的道路，是崎岖坎坷的，要攀上庐山，在过去来说，是戛戛乎其难的。

　　庐山的开路先锋是轿工。

　　过去，骚人墨客、达官贵人，乃至清末民初的外国人，他们都纷纷上庐山避暑。但是，他们是不走路的，当时还没有公路汽车，他们乘坐的，是用人力载乘的工具——轿。

　　轿工在庐山山麓的莲花洞设站，游客在此乘轿径上庐山。

　　由莲花洞到庐山牯牛岭的山路，共十八里。这十八里的路，既陡且险，一边是巉岩，一边是深谷，逶迤曲折，与其说是路，不如说是栈道更来得恰当。其间还有一段"好汉坡"，共有一千多级石阶。徒手而登，常人已觉吃不消，肩负一两百磅重量的轿工，登山时的个中况味，更是不言而喻了。

乘轿人的感觉是：不像是在山上，又不像是在天上，脚跟似乎已离开了土地，魂灵似乎已离开了人间。真有点飘飘然渺渺然了。

轿工的感觉是：雨天衣湿满身泥，夜间劳累脚难移，严冬风雪寒彻骨，炎夏烈日晒焦皮。不少轿工就因天雨路滑，或劳累过度而丧生"栈道"之下。

庐山这十八里的登山磴道，不是骚人墨客、达官贵人和外国人走出来的，而是轿工流血流汗走出来的。

过去，轿工用血汗和生命，开辟了登庐山的路；今天，中国劳动人民在庐山开辟了两条更大、更宽的路——北山公路和南山公路。过去抬轿的轿夫，不少现在已坐上公共汽车的司机座位了。

当我们"跃上葱茏四百旋"，再来回顾庐山的路，一个感觉是：换了人间！

树

李白有"奇峰出奇云，秀木含秀气"的诗句。

奇峰之中又有奇峰；树木不特形秀，且蕴含秀气。庐山的山奇、木秀，用这两句诗来形绘，也是十分生动的。

庐山的林木蓊郁，过去一向以松、竹为主，所以徐霞客《庐山日记》曾这样描喻：

> 层峰幽涧，无径不竹，无荫不松。

今天庐山不特松竹多，杉树、柏树、梧桐及其他经济林木也遍地皆是。

接待人员告诉我们，今天庐山有三千多种植物，其中有不少是从外地、海外移植而来的。这些都是徐霞客见所未见、闻所未闻的吧。

庐山的雨量充沛，林木经雨淋沐，呈现出润泽的绿色。每当晨昏时候，林木丛中，翠雾氤氲，在刚娜中，就有一种诱人的秀气，直透眼帘。

"夏木阴阴啭黄鹂"。在庐山，在炎炎夏日下，我们经常走在绿茸茸的林木道路上，阴凉可人，不特可滤尘思，还可解暑气。

有几次雨后，我伫立招待所的露台，望着前面的柳杉和梧桐，只见绿叶噙着水珠在打转，树叶、树干透现出晶莹的翠绿，如春的萌芽，使人感到整个世界都清新起来了。

庐山最吸引人的树木是"三宝树"。

"三宝"之中，旅行家徐霞客只见"一宝"，他写道：

> 四面峰环，前抱一溪，溪上树大三人围，非桧非杉，枝头着子累累，传为宝树，来自西域，向有二株，为风雨拔去其一矣！

我们比徐霞客幸运，看到的不只是"一宝"，而是"三宝"。徐霞客尚且不知"宝树"为何物，现在我们已知道三棵宝树中，一为银杏，其余为柳杉。

徐霞客说的"非松非杉，枝头着子累累"，估计就是银杏。传说这"三宝树"是晋朝僧人所植，但据今天科学部门测定，树龄只有五百年左右。

"宝树"不特枝干粗，三人不能环抱，而且树高可探天拨云。我们仰卧地上，用广角镜头也难以将整棵树收入镜头。

除"宝树"外，在"花径"还看到一棵"怕痒树"。你只要在树干表皮轻轻抓几下，整棵树就情不自禁地晃动起来，使人啧啧称奇。

庐山的林木是多姿多彩的，是可观可赏的。

花

庐山的接待员小曹笑盈盈对我说，如果你们赶上"花潮"，那才热闹呢。

"花潮"这个澹美的词句，过去好像一直是与江南联系在一起。所以，在庐山乍听这两个字，觉得颇新鲜。

小曹见我疑信参半，便进一步解释说：庐

山四季如春，花期比江南还要长。在这里，四月还可以看到二月的花，而且开得欢畅，开得绚烂。

人间四月芳菲尽，
山寺桃花始盛开。

唐朝诗人白居易路经庐山大林寺，赫然看见山寺桃花盛放，媚艳惹人，为之击节称妙，吟诵道：

长恨春归无觅处，
不知转入此中来。

庐山有一处花径——又称"白司马花径"，就是白居易咏桃花的所在。

听说，这里最好欣赏桃花，二至四月桃花怒放，千树红艳，云蒸霞蔚。

错过了"花潮"，错过了"桃花"，错过了争妍斗丽的迎春花。可是，在庐山的七月，还是赏得不少花，而且还是大有可赏的。

可赏的是野花。在芸芸野花之中，野菊有如浪潮，涌遍山坡。

中国培育菊花有三千多年历史，名菊多如天上星星，但都是出自园艺家之手。而庐山的野菊，则如野火一样，挨着路边山径漫燃，这份炽热的奔放，与家菊是不可同日而语的。

野菊主要是白菊和黄菊两种。白的赛似霜雪，黄的有若宫缎。无论走到哪里，它们都那么热烈地铺展在两旁，临风摇曳，如流云，轻轻的、盈盈的，热烈中有妩媚，予人深深的喜悦。

晋陶渊明独爱菊，他的家乡就在庐山的山麓江州（现称九江市），难怪他喜欢"采菊东篱下"了。在庐山，他不知采过几许野菊？

除野菊外，野生的黄花也很多。

黄花不生在路旁，它们喜欢与山涧、丛石相伴，朵朵锦簇的花团，点缀在葱茏黛绿的群山中，格外的优美动人。

在庐山，我天天都在多露的早晨哼着歌儿，

涉溪越涧，跑到住所的后山，去采摘黄菊以及不知名堂的野花，然后捧着满怀白、黄、红的花朵返到房间，插在一个在南昌购买的花瓶里。"野芳发而幽香"，真是满室芬芳呀！

庐山花团锦簇，但我特别喜欢那饱历风霜雨洗的野菊花，为的就是那一份野趣和倔强。

茶

绿茶之中，曾喝过狮峰的龙井，洞庭山的碧螺春，两者都十分清洌，气味芳香。但一直以来，个人总有一种错觉：绿茶缺乏一分甘香，而且不大耐泡。

在庐山，喝到庐山云雾茶，自己对绿茶的顽固念头，才终于推翻。

庐山的云雾茶，有绿茶特有的清香，但比其他绿茶，却要来得甘洌、爽滑，而且耐泡。

一壶云雾茶，可以泡三四次，而茶汤仍然十分莹绿，茶味也不稍减。

庐山接待人员告诉我们，云雾茶要泡到第二次才出味，人说"酒过三巡"，喝庐山云雾茶也要三回（起码要泡三次），才算喝出茶味。

甫到庐山，接待人员就告诉我们，庐山云雾茶所含单宁很丰富，回味大，有较强的兴奋作用。我们半信半疑，晚上临睡前还大杯大杯地呷饮，结果爬上床后，瞪着眼睛数绵羊，怎也睡不着，至此才写一个"服"字。

云雾茶生长在庐山海拔一千米以上的山坡或溪谷。那里常年云雾缭绕，水汽氤氲滋润，日照时间不长，早晚温差大，茶叶也就长得特别肥厚。

过去，庐山云雾茶大都是野生的，疏落的几株，很是珍异。山中僧侣每年只采得几斤，焙干珍藏，作为款待上宾之用；后来更成为贡品，供给皇帝享用。近年，相关部门特别重视云雾茶的拓植，虽然仍说不上大量生产，可是产量是一年比一年高，目下已有少量出口。看来，嗜茶者要想一尝这里的名茶，大概已是指日可待的事了。

我们曾在庐山植物园尝到上好的云雾茶。那天，坐在植物园办公大楼，一边瞅着窗畔娇媚的天山红花、秋海棠，一边呷着扑鼻馨香的云雾茶，很是惬意，至今想起来，仍有点齿颊留香之感。

好的茶叶，也要有好的水源。真是一点不错。

记得几年前有一次在杭州，顶着炎炎赤日，跑到虎跑泉，浑身上下直冒热气、汗如雨下。在虎跑泉茶亭呷了一杯用虎跑泉水沏的龙井茶，暑气、疲累尽失，真是快活得两腋生风。这一次在庐山仙人洞，也喝到用仙人洞一滴泉泉水沏的云雾茶，同样是清醇甘厚，沁人心脾。

听说，过去有一位英国诗人，曾将中国茶叶比喻作"灵液"；我想如果他喝到庐山云雾茶，相信要用上"仙液"的字眼来形容，才能表达于万一了吧。

松

黄山的迎客松，早已如雷贯耳，但始终未曾亲睹，只是从照片、图画领略到它的风韵。

庐山的松柏攒簇，触目可见，不特遍生于

崇山峻岭，就是幽谷深壑，也有它的芳踪。

《植物大辞典》说松柏本科植物二十五属。庐山的松柏，品类也颇繁多，单是松，就有金钱松、雪松、金松、华北松、台湾松等等。

在上述品种中，有些是庐山本地土生，有些乃是外来的。本地松树中，有一种生长在削壁巉岩上，盘曲多姿，枝干如铁，称"石松"。它那种刚娜婆娑的风姿，相信与黄山的迎客松不遑多让！

庐山几处绝壁陡岩，如大天池的龙首崖、仙人洞的蟾蜍石、游仙石，都有石松傲然屹立，展示那强劲的生命力。这几处悬崖，被视为天险，一面是陡壁，一面是千仞深渊，人们脚踏其上，也有高处不胜"寒"（心寒）之慨，而石松就从陡壁石缝中伸出茁壮的枝干，如矫健的虬龙，凌空飞舞。

对于石松那种不畏风暴、无视炎凉的气概，和那种刚健超逸、不屈不折的风骨，不禁肃然起敬。

过去所接触的，多是水松。这种生长在山

畔水湄的松树，有着瘦棱棱的枝干，有着纤细丛密的叶子，也有一种刚娜的风姿。但是比起庐山的石松，就是缺了一分嶙峋的风骨。

石松，远看总是缭绕着淡淡的烟雾，庄严之中，又隐现着迷人的笑靥，它的乐观精神，令人心动神驰。

记得，有一次登含鄱岭，弥天雾海，咫尺不见景物。当我们摸索着前往望江亭时，在路中倏地发现一株苍虬的石松陡立在面前。它的根，深深地扎在一块巨石缝隙处，身子却凌虚于雾海之中，一似置身汹涌的波涛上，但它的枝干，却是任凭风浪冲击，兀然不动。只有那细嫩的枝叶，在风中发出沉吟的笑语。

发现这一奇景，在场的人谁也沉不住气了，大家竞相爬到那块巨石上，要与石松合照留念，虽然那块石头之下，乃是不可测的深渊，但人们却没有丝毫畏怯。

若问这是受到什么感染？答案是不言而喻的了。

竹

苏东坡曾经说过：宁可食无肉，不可居无竹。

竹子不仅用途广，而且因洁净挺秀、青翠多姿，是幽美的观赏植物。白居易在《养竹记》中，认为竹的品格有四：竹本固，竹性直，竹心空，竹节贞。"本固性直，虚心贞节"，自古以来，成为砥砺人们立身正大、威武不屈的榜样。

江西产毛竹。庐山属于江西的范畴，竹子特多。这里有一句民谣：

千山竹，万山木；走路不见天，抬头望不到边。

在庐山，走到哪里，都可以发现成簇成垄的竹，有的紧相依偎，有的散漫疏朗，纤巧清秀，竹阴浓郁。

可以说，庐山因竹多，更增加了一分妩媚。

汽车行进在公路上，从车窗向外眺望，经常可以发现在黛绿的丛树中，有一片郁郁苍苍的青翠，格外悦目，那就是毛竹。

万绿丛中一片翠。那种境况，如一块绿玉，中间镶着翡翠，辉映益彰。

我们赴乌龙潭瀑布、黄龙潭瀑布途中，在深山幽谷中，在潺潺溪流畔，或者琤琤瀑布侧，都有一丛或者多丛修竹，婆娑弄姿，使幽谷更清幽，使溪瀑更阴凉。

在庐山我们的住所后山，也有几丛修竹。一天借着午睡的空隙，走进竹林间，竟是另一番天地：竹丛枝叶扶疏，遮住了大半个天；阳光透过竹叶的缝隙，在山径上跳跃；一阵风吹来，地上的竹荫离乱地簸动，竹子随风发出咿呀的低语，盛暑天时，置身其中，凉透心脾。

庐山雨水多，因而毛竹十分郁茂，竹笋遍地皆是。我们在庐山的那些日子中，几乎每顿饭都能吃到鲜嫩的竹笋。对于在香港难得吃到鲜笋的我们，这是最好的款待。

庐山的竹，跟江西其他地方，如井冈山的

竹，都是一样不寻常的。在战争时期，它们曾被削成梭镖、制成扁担，功不可没。

所以，在庐山看到竹，就会想到井冈山，想到竹子的贡献，想到竹子的高尚风格。

就是在今天，在生产建设中，竹子还是有着广泛的用途。

石

庐山的怪石，层出不穷，正如徐霞客所记，庐山"峰顶丛石嶙峋，雾隙中时作窥人态……"。

据科学家测定，庐山属断层岩带，经历过第四纪冰川运动，留下不少遗迹。

庐山有一块飞来石，面积有两张桌面大，横卧峰顶，孤零零地如从天上掉下来，故名。这就是冰川时期遗下的最大的一块石头。

在仙人洞附近，也有不少蹉跎的怪石，例如形似蟾蜍的"蟾蜍石"、相传吕洞宾修仙的"游仙石"。仙人洞的石室，则是经过风化而成。从游仙石眺望对面山顶，则可见两块巨石形同两只狮子相逐游戏，因而有"双狮嬉戏"之称；

而左边山峰，几块乱石戢立，形成奇妙的图案，恍若少女坐在梳妆台前，对镜梳理三千烦恼丝，故称"对镜梳妆"。

庐山电站大坝对开山峰的峰巅，巍然耸立一块巨石，仿佛一支燃烧着熊熊烈焰的火炬，故称"火炬石"。

庐山还有一对天然巨石形成的石门，对此，徐霞客已有志记：

> 南渡小溪两重，过报国寺，从碧条香霭中攀陟五里，仰见浓雾中双石屼立，即石门也。一路由石隙而入，复有二石峰对视，路宛转峰隙，下瞰绝涧。

这对石门位于庐山著名的石门瀑布前。通过石门，数步之外，还有两座石峰相对而视。奇石还有奇中奇，十分奥妙。

此外，庐山还有"三石"的特产。

"三石"虽然同样以石称，却与前者大相径庭，它们是脍炙人口的美味。

所谓"三石",即石鱼、石鸡、石耳。

石鱼，产于庐山山麓的山溪石涧中。鱼大不足一英寸，比人们熟知的银鱼还小，全身呈浅黄或浅灰细纹。用它来熬汤，端的是美味无穷。听说朱元璋路过庐山时，一尝之下，赞不绝口，从此便成为贡品。石鱼体小，一出庐山的溪涧，即迅速长大，鲜甜的程度便大为逊色了。

石鸡，其实是一种大蛤蟆，硕大腴美，重逾一斤，味极似鸡肉，是庐山的名产之一。

石耳，酷似木耳，但质较粗糙，用来熬汤，有清热降压的功用，特别适宜血压高患者。

庐山的石，不特可观赏，还伴生珍美食品，真是妙不可言。

园

关于中国的园林，已有人写了一本又一本沉甸甸的书进行介绍。但书中占主要篇幅的大抵是苏州园林。

苏州园林，一丘一壑一亭以至每一楼台，

都经刻意经营，引人入胜，早已有口皆碑了。但是，我却嫌其人工味太重，有点矫揉造作，况且也有些拘谨，少了那分豁朗、野趣。

庐山的园林，少了苏州园林的人工味，却多了一分原野的粗犷，予都市的人一种鲜奇的魅力。

庐山最大的园林，是庐山植物园，占地四千四百多亩，坐落于庐山东南部的含鄱岭山坡，海拔一千一百至一千三百米之间。

不是在一平如砥的平地，而是一大片山坡。没有着意的布置，没有精雕细琢，而是根据地形及自然的环境，巧加安排，划成各种的园圃，例如松柏区、草花区、药用植物区、岩石园、苗圃、茶园等等。

进入植物园，恍惚置身山林的腹地，花草的乐园，山径人稀，风高水潺，幽森岑寂，使人完全觉察不到，这是人工的园林。

山路原无雨，空翠湿人衣。

我们沿着石砌的、蜿蜒曲折的小径，访问了各种植物区域。沿途林木青翠，绿荫盎然，那深浓的绿色，真是连衣袂也沾濡了。

园中有园，是庐山植物园的特点。

不论是树木园、沼泽植物园、草木植物园区，都是占地广大的。以草本植物园区为例，大丽花、翠菊、各种鸢尾等等，都是一大片一大片的；红、黄、紫、蓝，如一匹匹彩绸当空舞，五彩缤纷，鲜艳夺目。

松柏区就更壮观了，中国南北松柏荟萃，再加上由海外移植的各国松杉，真是济济一堂。中国东北的、华北的、西南的、西北的，英国、美国、日本、朝鲜、阿尔巴尼亚的，种类纷繁，名堂多得难以胜数。其中有一种"活化石"——水杉，是世界稀有的古老树种之一。听说，在距今一亿年前的中生代白垩纪早期，水杉产于北极圈内。到了白垩纪后期，广泛分布于欧、亚及北美大陆，迄至一百万年前的第四纪，由于冰川期影响，水杉几乎灭绝。到1941年，中国植物学家才在四川的万县和湖北利川发现少量水杉。近年，这种中国独有树种已在庐山繁殖过万株了。

庐山植物园的药用植物区，集中了庐山的中药材。庐山挺峭，多云雾，中药材丰富。过去，药郎都要跋山越岭去采摘，其情况正如唐朝诗人贾岛所指：

> 松下问童子，
> 言师采药去。
> 只在此山中，
> 云深不知处。

现在，植物园已种有人参、天麻、党参等等名贵中药，在园中垂手便可采摘了。

庐山植物园不特有山林之美，而且是植物的宝库、知识的宝库。

湖

> 能容湖水心胸阔，
> 得见庐山真面目。

这一副对联挂在鄱阳湖畔的望湖亭。我没有到过望湖亭，是庐山接待员告诉我的，觉得很妙、很有意思，便牢牢地记住了。

鄱阳湖是中国第一大湖，面积约四千平方公里，烟波浩渺。在庐山含鄱亭眺望，白茫茫一片，水天一色，说是海，也是可信的。

曾看过太湖的浩瀚，徜徉其中，觉得胸怀豁然开阔。胸怀若湖——而且是壮阔的鄱阳湖，是十分浩渺的境界。这样的雅度，这样的容量，就算是难以一见的庐山，也不在话下了。所以，以上的一副对联，看似晓俗，意境却是深邃的，值得细味。

鄱阳湖的下石钟山还有一对楹联，也是十分驰名的，句云：

忠臣魄，烈士魂，英雄气，名贤手笔，菩萨心肠，合古今天地之精灵，同此一山结束。

蠡水烟，溢浦月，浔江涛，匡庐瀑布，马当斜阳，极南北东西之胜景，全凭两眼收来。

蠡水即指鄱阳湖；溢浦、浔江（九江），均是鄱阳湖畔的地名。这阕长联，吟诵之下，也是饶有意趣的。

在庐山很多地方都可望到鄱阳湖，但都是隐隐约约的，如天边悠悠的白云，令人莫测。无他，鄱阳湖太遥远了，连那一片片的风帆，也难以辨认，有如它的历史那么悠远。

鄱阳湖在上古时代便有文字记载，当时称"彭蠡"，如《禹贡》所说：

彭蠡既潴，阳岛攸居。

鄱阳湖浮泛着一个峰岛——鞋山。从庐山窥伺，岛淡得像刘海，在云雾中飘荡。

鞋山，原名"大孤山"，在鄱阳湖以北，方圆约一里，重岩叠翠，苔萍斑斓，山上有塔，耸入半天。因形状酷似一只鞋，所以称"鞋山"。

远看鄱阳湖，中间细束如腰子，又像一个

硕大无朋的葫芦。夏日水涨，其壮阔气魄，比洞庭湖有过之而无不及；其秀丽的风姿，则远胜洞庭湖。

昏

去庐山前，有朋友对我说，庐山的日出和日落都是绮丽迷人的！

在庐山观日出，要跑到五老峰上，道路崎岖迢远，而且常有雨雾笼覆，就算爬上五老峰，也不一定能看到，所以打消了这个念头。

日落，却是在一次很偶然的机会看到。到庐山的三天，每近黄昏，都有厚厚重重的云雾盘踞在天穹，夕阳只能趁一点点空隙，迸射一条条绛色霞彩，宛如沉沉大海中的游鱼，偶尔翻滚着金色的粼光，并不经意。

到庐山的第二天黄昏，我洗完澡走到露台，只见森森郁郁的树梢，透现出一片片姣红可爱的霞彩。我心中一乐，也顾不得脚跋拖鞋，背起照相机就往门外跑，沿着参差不齐的石阶，飞也似的直奔庐林湖。

气咻咻地跑到庐林湖，幸亏太阳还未坠下，当时欢忭雀跃的心情，是要写也写不出来的。

晚霞如微醺少女酡红的脸，映红了半边天，夕阳如一个红晕轻紫的金轮，为赭色的峰峦林山所捧托着。

金轮不仅仅出现在天涯，还出没在纤紫的湖水，随波荡漾，从它的四周拖曳着万道光芒，揉曲成狂舞的金蛇，在水中编成一幅幅奇异的图案。

随着夕阳的下坠，云彩在变幻、在游移，天边的胭脂红逐渐转幻成淡青、淡紫、灰红的调色盘……乃至仙女的霓裳，在微风中缓缓地曼舞。

最谲奇的是：金轮在沉坠到芦林桥后，蓦地消失了；一刹那间，又从芦林桥的孔洞钻出来，并且与湖中的倒影慢慢融合……

这只是片刻的工夫，金轮迅速地跌下孔洞，留下一抹苍茫的绚丽，山也转为暗淡，树也黑压下来了。

这样瑰丽的奇景，我还是第一次看到。过

去在马尼拉的海滨大道，伫候过驰名的马尼拉落日，虽说是仪态万千，却没有庐山落日的波诡云谲，摄人心魄。

返到居所，我将这一"奇遇"告诉同伴，他们都艳羡不已，并约定第二天晚饭后预先跑到芦林桥伫候日落。但是翌日枯候了一个傍晚，夕阳始终钻不出铁灰色的云雾，只是从山腰飘漾出几条朦胧的紫红的鱼尾光，勾起人们的遐思。

庐山的夕令昏黄，虽然如昙花一现，但却使我依恋、难忘。

夜

朱自清说，夏夜是银白色的，带着栀子花儿的香。

这样的夏夜，是十分动人的。然而在此时此地，夏夜是光怪陆离的，是炫目的霓虹灯。那清明的夜景很遥远，只能从童年的故乡生活去追寻。

这次在庐山，却着着实实地体味到夏夜澹

美的境界。

庐山的夏夜，像吃栀子，是馨香的，还掺混着桂花的幽芬。

那是一个不眠之夜。

甫到庐山那天晚上，我们兴致勃勃，大家约定翌天凌晨四时去观日出。

夜晚上床，不敢入睡，只是假寐，因为我被指派三时半去唤醒游伴起床。

上床不久，仿佛听到潇潇的雨声，心里不禁冷了半截。但同伴说，那是湲湲潺潺的溪流。不久，窗前果然洒了一片清辉。

"月光！"我不禁从床上跳起——生活在"钢筋水泥森林"的我们，是连月光也难得一见的。凭窗向远方窥视，远山如酣眠的眼，如梦如烟浮在深夜里，近处高晃晃的林木，在月色的映照下，明明灭灭地晃荡着婆娑的身影。

岑寂中的天籁，唧哝的虫声，咯咯的蛙声，潺潺的溪流……不但没有破坏四周的宁谧，反而增加了清幽的氛围。

在怔忡间，时间已一秒一秒地溜走。躺上

床不久，一望腕表，已是凌晨三时，盥洗完毕，匆匆跑去拍游伴的门，却给大家一顿抢白。原来前一晚有通知，天色不好，临时取消，我与同伴是被遗漏了。

观日出不成，又没有睡意，只得跑出住所外溜达。

屋外苍穹，月色朗朗，天上除了多情的星星在眨眼，连一丝云影也没有，怎么说天色不好？不过，这也难怪，庐山的脾气，谁也摸不准。

因为这一错失，却领略到庐山的夜。

庐山的夜，是宁谧的，也是热闹的。宁谧是没有白天喧嚣的市声，热闹是虫声、蛙鸣、溪流，和风撼树木的潇潇。

虫声是此起彼继的。蛙响如鼓，是沉浑的；琤琤的流水声，是来自林幽远处。远山有灯影的摇晃，状若星斗；近处有风曳竹林的清韵。空气混着水气和花香，一阵一阵地从庐林湖中吹来，所谓"竹影横斜水清浅，桂香浮动月黄昏"。我还是第一次领略到这个意境。

在这纷繁的海岛，你领略过这样的夏夜吗？

麓

庐山的山麓，有一个著名的市镇——九江。

九江过去称"浔阳""江州"，是一个具有二千多年悠久历史的文化古城。

历史上著名的田园诗人——陶渊明，他的家乡就在九江市郊二十里的地方。他的著名诗句"采菊东篱下，悠然见南山"，也是在这里写的。

古代好几位大诗人的名字，例如李渤、李白、白居易、苏东坡等，都曾经与九江连在一起。

李渤曾经做过江州刺史；李白被充军，在这里坐了三个月牢，释放出来后做司马；白居易也曾当过江州司马；苏东坡几次上庐山，就在九江歇脚。

三国的风云人物周瑜，曾在这里做"都督"（水军提督）；诸葛孔明求见孙权，劝他联拒曹操的地方——"古柴桑"，就在九江西南九十里处。

城北还有庾楼的古迹，是东晋庾亮做江州刺史时建筑的。前面对着大江，后面对着庐山，唐朝的一个才子崔峒，曾题了诗，其中有两句道：

陶潜县里看花发，
庾亮楼中对月明。

在西门外大江边，还有琵琶亭。白居易送客到湓浦口，夜间听到老妓凄切的琵琶声，便为她写了一篇《琵琶行》，后人便建这座亭子以志念。

在南门外有一个甘棠湖。因为唐朝长庆二年间，李渤在湖上筑了一条堤，长七百步，以便行人来往，又立斗门，蓄泄水势，后人感激他的德政，所以取名"甘棠湖"。

甘棠湖中有一个烟水亭。这次我们由庐山回程，在该亭逗留了一个下午。

烟水亭是根据"山头水色薄笼烟"的诗句而取名的。有九曲桥直通湖岸。烟水亭具有宋代建筑风格，亭台楼阁，假山庭院，都有苏州园林的风味。由1973年开始，已被辟为文物馆，陈列着九江地区出土的文物史料。

由烟水亭可眺望二十五里外的庐山。虽然相距很近，但笼罩在烟雾里的庐山，仿佛悠远的海市蜃楼，在天边载浮载沉，莫测高深。

庐山的日日夜夜，是扑朔迷离的，也是令人眷念的；庐山的一山一木一水，都是脉脉含情的，她的美是绰约的，也是刻骨铭心的。

第二辑　流动情感

我的父亲

我有两个父亲三个母亲。

第一个父亲是在闽南家乡的亲生父亲，另一个是在菲律宾的养父。我的第一个父亲在我出生之前逝世。我的母亲年届四十岁高龄才生我，大抵认为我克父——是不祥之物，便把我卖给外乡的一个菲律宾的侨眷。

我现实生活中的父亲，只有养父一个，以下我写的父亲也是指养父而已——

屈指一算，父亲已去世二十七个年头。岁月倥偬，杂务缠身，恍惚间离我上次去拜祭父亲，也有二十五年了。但对父亲的思念，却没有因为时间的递增而稍减，反而日益浓厚，待到这一天，压迫得我喘不过气来。我想，我无论如何应该抽暇去遥远的州府（闽南语，偏远小镇）凭吊一下久违的父亲。所以上月特地向公司拿了几天假期，跑一趟菲律宾。

父亲十二岁时被他叔伯带到菲律宾做零活，自此后长年累月在菲律宾打工、生活，二十岁出头返家乡讨了养母，小住个把月便返菲。世局波谲云诡，后来中国解放，朝鲜战争、西方国家对中国进行全面封锁，套养母的话是"交通断了"，自此父母两地相隔，直到 20 世纪 50 年代后期父亲才申请我们到香港。

其间因菲律宾政府实行菲化政策，为了在菲做小本生意，父亲在菲律宾娶了番母（闽南语，意喻菲律宾土籍女子）。

我与养母一直相依为命。1957 年来到香港，父亲跑来香港探我们也不过七八次。父亲在世的时候，我与养母偶尔也到菲律宾去探亲。每次相聚也不过个把星期，所以在我童年的记忆中，父亲恍惚是来自另一个世界，有点虚幻。长留我记忆中的印象，是父亲送我那一根粗大派克墨水笔。

那是我从闽南家乡来到这个蕞尔小岛不久

拥有的第一支派克笔。20 世纪 50 年代，香港市面最流行、也最时髦的是手指般粗、黑地滚金边筒的派克墨水笔。

我的第一支派克笔，是父亲从菲律宾给我捎来的。

父亲是文盲。虽然他会打算盘，又会做生意，却连"大"字也不会写（他的口头禅）。

写字当然要用笔，写好字用好笔，是言之成理的事。

结果，在新年，十岁的我收到父亲的礼物——一支派克墨水笔。

我打从懂得写字开始，便没有好好地练过字。一旦握着一支名牌笔，大抵是心情紧张之故，手颤得巍巍乎，写出的字更歪三倒四了。

父亲从来不看我写字，我也从来没有告诉他我用上派克笔之后字写得不好。他是以为会写得好的。

有一次，他还向朋友夸耀他买了一支好笔给我。

这支笔最终的命运怎么样了，我怎地记不

起。以我的习惯，我是舍不得丢旧物。只要是我触过、抚摸过，油然有一种感情在，丢掉旧物，仿佛丢掉一份感情，总是依依。

使我感到愧疚的是，虽然年幼的我便能用上名牌笔，我的字还是依然不长进。这一点，我是始终没有告诉过父亲的。尔后，我一直不再用名笔写字。

不少写稿的朋友不用名牌笔写稿，是因为稿费低的缘故。

名牌笔的意义是用来给大班签名或佩在身上，作为身份的象征。

我之不用名牌笔，是我拿上名牌笔便有一份心理上的压力。

我曾收到一些朋友馈赠的名笔如刁彭等，我是毫不犹疑地转送给朋友。我较早用的是斑马圆珠笔，当初是两毫子一支；后来水笔面世后，便一直用斑马牌细水笔。这都是最廉价、却最顶用的笔。

远在菲律宾的父亲送了一支派克笔给我，以为有好笔才能写好字。

可是，三十年来，用廉价笔涂涂写写，出版了十多本集子。

这一点，我也是始终没有告诉过父亲的。

许多年了，有一天在菲律宾南部小海岛与父亲叙晤，看到父亲灰白的鬓发和满脸的皱纹，情如老旧派克笔满布金边的条条坑坑，便战战兢兢地想起父亲给我的笔。

船临启碇了，送船的父亲戴着一顶草帽，微驼的腰，一径地向我挥手。

我的视线模糊了：父亲的身影渐远渐小……

我发现双眼也湿润了。我因而曾下决心要告诉他送我派克笔和我写字的事。

二十七年前，最后一次见到父亲。父亲因中风躺在宿务医院的病床上，鼻孔插着两支输送葡萄糖水的管子。

彼情彼景，我已忘记我要告诉父亲的事。

又有一个年头，老远跑到那个小海岛去拜祭父亲的坟墓，我在上坟香的时候，终于告诉他，我没有用他给我的派克笔写好字，而且我还用廉价笔涂了十几本集子。

又过了好几年，我坐在书桌旁，用廉价的水笔写了这篇小文，献给在天国的目不识丁的父亲。

近四分之一世纪过去了，我发现，我对此一直未能释怀。

这就是为什么我又再跑一趟菲律宾。

父亲住在一个小岛上，英文名叫 Palompon，我自己翻译成"拔琅邦"，是礼智省（Lyte）的一个小镇。

早年香港到宿务没有直航机。从香港去"拔琅邦"要先取道马尼拉，再转机到宿务，然后再在宿务码头乘一夜船，翌天凌晨五时许到埗。

由宿务赴"拔琅邦"是小型机动客船。分楼上和楼下两层。上层放置一排排帆布床，楼下主要住客商，从宿务办的货物是五花八门，从糖果、油盐、柴米到化妆品、针线，从"拔琅邦"回程则是椰干、木材、山货、干货等，没有空调。

我们大约在晚上八时许上船，船要在十时

许开行。登船要带备一把扇子，船未开很翳热。扇子在这个溽暑时节大派用途。

船起锚，船员把悬在船舷的帆布放下，海风往往把帆布刮得猎猎作响，令人难以安寐。

当年乘搭这种客轮时，还不知有风险，直到多年前弟妇与大侄女乘搭的客轮，在途中遇到强烈的风暴，整艘客轮沉没。全船连弟妇三百多人罹难，才知道这一程夜航的险峻。

想起老母亲对我说，父亲因是文盲，所以特地跑那么遥远的小岛去寻活，不禁黯然。

我这一次从宿务到"拔琅邦"也有多一项选择，可以乘搭两个多小时快船到另一个城市旺木（Omot），再由旺木乘搭两个多小时的面包车去"拔琅邦"。

至于赴"拔琅邦"的客轮也超现代化，有双架床、有装设空调的商务舱。这次我来回选择了不同的途径，但是，每登上客轮，想起弟妇与大侄女的惨死，便心有戚戚然。

我去程选择取道旺木，上午十一时许在宿务起程。

因在旺木待了两个多小时，直到傍晚才到"拔琅邦"。

眼下的"拔琅邦"已今非昔比。过去只有一条尘扬的主街道，现在已是多了好几条大街，熙熙攘攘，街上挤满了三轮车。

"拐杖也生长"

菲律宾有千岛之国美称。她由浮泛着太平洋上七千个小岛组成的。每个小岛屿，都有美丽的海岸线，有黛绿色的山峦，海天一色的湛蓝和深翡翠色的山，在晨曦和晚霞中，蔚成一帧瑰丽水彩画，诡奇而美致。

其实，深入菲律宾的腹地，是大异其趣的。这里民风淳朴，景致幽雅，尤其是一些闽南人称为"州府"的山顶，大都是在翁翁郁郁的椰树簇拥之中，一条尘扬的泥沙路，傍着几爿唐人铺头或菲人铺头，四边作扇形分布的是栉仔厝。而镇头镇尾大都枕着一泓湛碧海湾和婆娑的椰树林。

徜徉在这样的一个小天地，纷繁的闹市声

已渐远去，放眼是蓝天碧海和蕉风椰雨。你可以撒开双腿在软绵绵的沙滩留下纷沓的足印，或在沧波白浪间载浮载沉，渴了可以尝到刚从椰树摘下的沁人心脾的鲜椰子汁，饿了可以大啖甜浓的菠萝蜜。

菲律宾地处火山带，泥土黑肥，雨水充沛。父亲说，上天对菲人太好了，在菲律宾随便插一支拐杖也能生长。这未免夸大其词，但是菲律宾的天然资源之丰厚，却是不争的事实。

菲律宾地属热带，白天火伞高张，热气迫人，但是每天的傍晚都会下一场骤雨，暑热尽清，晚上凉快得多了。

菲人种植十分简便，有点"刀耕火耨"味道，放一把火烧掉杂草，便可以下种。因每天都有天然雨水灌溉，不必太多费心照拂，便可以坐待收成了。

菲律宾华人都是早年闽南山区迁徙过来的。闽南大多是石头山，土壤呈赤红色，只适合种植地瓜、芋头等粗粮，早年还经常闹饥荒。

菲律宾华人的奋斗精神，恍如菲岛孤高卓

绝的椰树，足迹遍及浮泛在太平洋的七千个岛屿，从繁华的大都市到穷乡僻壤，都有一页他们用血和汗浇铸的可歌可泣的历史。

老父在那个有点荒凉的小镇"拔琅邦"落脚，前后历经一甲子的岁月。

记忆中，这里没有酒楼，只有"馒头炉"（面包店）；没有夜总会、舞厅，只有露天的民间舞会；这里没有电影院，只有有限的几台电视机收看来自马尼拉、宿务的电视节目。这里的娱乐场所，只有一间简陋的斗鸡场。

这里没有城市惯有的繁华、现代化，却有自然的淳朴的村野风味。

都市的人很难想象可以在这里待上一辈子，但老父却心安理得地度过他的青少年、中年，直至老去。

熬到满头白发的老父，从来没有想到离开这块土地，他将全部的青春献给异国的土地。

他也来过香港好几趟，但繁华的都市生活，却使他感到不安和困扰。他宁愿跑回到老远的地方，在现代文明的背后去过其怡然自得的生活，去颐养晚年。他的生活简单而宁静，但，他却没有现代人的苦恼！

在菲律宾偏远的小镇，父亲过着日出而作、日落而息的生活。天入黑就关铺。关铺还是用土法，用一块块木板插在门槛的凹位上，然后用木闩带上，再挂上一个笨重的大铜锁。老父每晚在铺面四周小心视察一番后，便由后门出来，后门也是用木条和铜锁严严实实地五花大绑的。

这样经过一番严密的保安措施后，老父便戴上草帽，手握一支四节长的大电筒，带领一家大小回到邻街的住宅休息。

一帘褪色的梦

今年初夏，到了菲律宾偏远的小镇"拔琅邦"，已是暮色苍茫的时分了。

我上次到这个小镇，已是二十年前的事。小镇已起了很大的变化。首先是人口递增了三倍，从二万人增加到六万人，眼下繁华了、热闹了，过去难得闻见的汽笛声，已是随时可闻，市声烦嚣喧闹，已不复旧貌了。

我惦记着父亲精心兴建的那幢二层高、红砖加木板的大宅。父亲的旧宅，在那个年代可说是"拔琅邦"地标式的建筑，远近可见。"拔琅邦"过去几乎清一色是板房，一遇刮风或火灾，难免遭殃，只有父亲的大宅，坚实牢固，像老父那一辈人，从岁月风霜中安然跨越过来。我甫抵埗便迫不及待地直奔那里。

到了父亲旧宅，才发现已面目全非：围墙拆掉，地上的花圃已夷平，原是地下的车房变成大侄儿的计算机维修店铺。只有那一条通向二楼的回形扶梯幸存下来，甫踏足，足底下梯级仍然发出依旧的无助呻吟，也只有这一楼梯声，才让我恍惚穿过岁月的隧道，视帘浮现出与父亲饭后共话桑麻的情景。

一家子用过晚饭后，一般时间还很早，大抵是六时半到七时的光景，这时香港人正在下班，或匆忙地赶回家中。老父则喜欢到露台上纳凉，半躺坐在藤椅，剔着牙，或者扇着大蒲扇，泡一杯茶，闲话家常。

　　我与老父对坐着，架起二郎腿，手握一杯浓茶，悠闲地倾谈老父的童年生活和上一辈华人在菲岛的奋斗史。

　　他沙涩的声音和着夜风，和着露台下花园冉冉而来的花香，听来不但不使人烦腻，而且就像一支袅袅的夜曲，使我感到难言的美妙和醺然的醉意。

　　都市的俗嚣，全被撂下在身后。也是在这个时候，我才感到我是我，我的思想，我的身体都是属于自己，再不受纷纷攘攘外界的纷扰。

　　这种乐趣，是都市人所没有的。

　　而今，二十年后我重返旧宅，露台已堆满瓦砾。弟弟说，房子太老旧了，正在修建中，但是我的思绪仍然凝滞在古旧的印记中，愣然回不过神来。

　　二楼卧室过道的墙上，原来悬挂着合家照已不见了，只悬挂着父亲的独照和早逝弟妇的独照，伶仃、孤单、苍凉！

　　我不敢久留，让弟弟带我到一家临近海滩的家庭式小客栈下榻。此时天际曳下最后一抹幽异的晚霞，恍如一帘褪色的梦。

我有点激动地对弟弟说，翌日清早去拜祭父亲。

父亲以天主教仪式入殓的。菲律宾百分之八十以上的人是信奉天主教，从呱呱坠地开始到死亡，都以天主教仪式进行。目不识丁的父亲只有入乡随俗。

我请Vivian——弟弟新娶的太太，翌天准备好白蜡烛和一束鲜花。弟妇说不易买到鲜花。我有点专横地对她说，没有鲜花不成！想到如果父亲旧宅的花圃没有除掉，便垂手可摘，不免有点愤愤。

翌早弟弟开一辆破旧的私家车来接载我去坟场。

天主教是奉行土葬，过去父亲的墓是独立一方的，三边有围墙，只有上方没有天盖，据说是当地政府不允许，不免长年累月日晒雨淋。

对此，我一直忐忑不安。

到现场一看，委实给吓了一大跳。父亲的墓地已被移入一个密密麻麻的公众坟场，一格格长方形墓，像一口口棺木，上下叠放着，父亲被压在下格，令人感到压迫感。

我无奈地点燃三支预先准备的白蜡烛，插上鲜花，不禁潸然泪下。弟弟安慰我说，待旧宅修好后，会把父亲的墓地迁到旧宅安放，我才略为释怀。

闽南语的"出示仔"与粤语的"竹升仔"同义，泛指在异国出生的华裔后代。

在老父那个小山镇，出示仔与菲律宾青年的相处，可说水乳交融。他们与父辈迥异，大都认同当地的文化，融入当地的社会。不少出示仔与土籍菲律宾的年轻人一样，喜欢弹吉他、唱歌、跳舞。

在这个小镇，在年轻的社交生活中，最受瞩目的，莫如每逢节日，他们推选一个年轻貌美的菲律宾女郎做歌后，并把歌后打扮得花枝招展，让她坐在一辆敞篷的小吉普车上，下面簇拥着姹紫嫣红的鲜花。

吉普车的车头还装有一个大喇叭，播放着悦耳的音乐，车子向远近各个小村落进发，宣布歌舞大会的日期、时间、地点。歌舞大会一般安排在周末的晚上，地点是在一个露天旷地。

一旦暮色四合，青年男女纷纷涌到会场，大都是俪影双双，载歌载舞。

年轻人，尤其是生活在赤道线的年轻人，是热情奔放的，他们的歌和舞都是又劲又热的，恍惚一团火球，令人心旌荡漾。

这种场合，是年轻人最好的铸情之地。

宠爱集于一身的出示仔——弟弟因没学好华文和华语，所以性格和生活作风更倾向于菲人，父亲也惯着他，所以生活习惯和待人处世与华人传统更是大相径庭。

父亲每月汇给后来移居香港的我与养母的钱很有限，以至文盲的母亲要到工厂去"剪线头"，我则要利用周末穿塑料花、钳拉链头赚零用、帮补学费。但在山区生活的弟弟，几乎年年都换一辆新车。这是养母一直悻悻不平的事。

直到父亲临终的前两年，他有一次来港探望我们，倏地若有所悟向我们表示，弟弟太挥霍了，以后要多汇点钱来香港。

当时我已出来社会工作，母亲也不必去工厂打工了。不知什么原因，当时我听罢百感交集，特别感动，眸子也濡湿了。

而后两年，父亲身故，文盲的父亲没立下任何遗嘱，弟弟承继了父亲的所有财产。

我在送殡后，向弟弟表示，我别无所求，就希望他每月寄点钱给养母，也是父亲临终的一点心愿，他口头承诺了，却没有实现。

不久，父亲留下的两个店铺和货仓发生了大火，最终化成瓦砾、夷为平地，还因有几个店员被烧死而被死者家属索取巨额赔偿……之后贤淑的弟妇（她是传统华人家庭出身，婚后不仅相夫教子，还兼顾店铺生意，温文和蔼）及大侄女搭船从宿务返"拔琅邦"途中遇风暴而殁……

在短短几年间，不幸接踵发生在弟弟身上，令人唏嘘不已。

十五年前，当我与弟弟再次见面时，原是风度翩翩的他，已是一头白发、满脸风霜、老态毕呈了！与当年纨绔子弟的飞扬，竟有天渊之别。他表示，他想种菜维生，后来我汇了一笔钱给他，他却用了这笔钱再娶亲。此后他终于得面对现实、过着脚踏实地的生活了。

父亲是不凡的。他与他的叔辈，大都是文盲和文化水平较低的人，所以不敢在大城市落脚，跑到遥远的山区觅活，并在那里落地生根。

父亲往往有点自豪地称，"大"字也不认得的他，却能把算盘打得滴溜溜响，意喻他数口很精，最终一步一个脚印建立他的家业（事业）。

像其他老一辈华人一样，父亲从年轻到老去，不带走什么，却遗下许多许多——侨居地经济社会的发展，有他们的一份血汗；家乡的兴旺，有他们一份贡献！

我的父亲和父辈这一代海外华人，只是一群小人物，他们没有建立什么丰功伟绩，只是一个爱乡爱国的脚踏实地、勤奋肯干的凡人，从现代社会的商品价值来衡量，他们是落伍于时代的人，他们没有像时人那样急功近利，但我敢说，他们是一群有着美丽品格的人。我如实地写出来，只是服膺萨特的说法："美的价值就是以某种方式包含着伦理的东西，并必定把它表现出来。"

写给天堂的母亲

按：月前，内地一家电视台特地来香港，要拍我"回家"的纪录片。我的家在哪里？我想我始初的家，是母亲的襁褓。想及此，我情不自禁地要给天国的母亲写这封信——

这是我写给您的第一封信，想来很是不敬。没有给您写信，是因为您不识字——在这里要稍微解释一下，您从不因为不识字而耿耿于怀，因为您把教育的机会全给了弟妹——我的舅舅和姨母，您宁愿在家照看父母和做农活。您说您是大家姐，理应扛起全家的担子。您从来没有为自己的付出和牺牲感到委屈和不平，相反，您因舅舅做了乡村教员和弟妹上过学堂而感到自豪和骄傲。

我从不因为您是文盲而感到丢脸，特别是长大了之后，我打从心里对文盲的您感到由衷的敬意和作为您的儿子无上的荣耀。

在您简单的人生轨迹中，您从来不会高谈阔论人生的意义，在您朴素农家妇女的字汇中，您最了解"奉献"两个字。十六岁之前，少年的您把心思、精力、时间全部奉献给挚爱的家人。打从五六岁起懂事开始，您便会举炊、浣衣、下田、侍奉父母、照料弟妹。

刚踏入及笄之年，您由媒人婆做媒、父母做主，下嫁给从菲律宾返乡聚亲的父亲。听说您为这门亲事哭得死去活来——您的悲恸惊动了左邻右里。您响彻堂屋的哭声，并不是因为您要与一个从未谋面的人成亲、为未卜的前途伤心，而是宁愿一生一世、竭尽一个女儿和姊姊的责任。简单地说，因为割舍不了家人，因为您的每一个心孔已给至亲的家人填满了。尽管您百般不肯、千般不愿，还是连拉带抬地被送到潘家。原来父亲也是目不识丁的人，十二岁的他被叔伯携到菲律宾当伙夫，给东家打杂和炊饭，省吃俭用，积攒点钱，返乡聚亲，完成一桩人生大事。这是 20 世纪 40 年代的事。

父亲在家待不了几个月便得返回菲律宾，时局跟着发生巨大变化，交通中断，云山暌隔，您与父亲从此天各一方。父亲走后，您才发现怀了父亲的骨肉，但因操劳过度，腹中的婴儿夭折了。父亲后来托人辗转捎点钱给您买个孩子做伴，我就是被您买了去的孩子。当您抱起啼哭不休的我，照您的忆述——两岁的我，只剩下皮包骨的躯壳。穷山区没有奶粉，更雇不起奶妈，您不止一次地念叨，孱弱的我是您用粥水一口一口地在您的襁褓中喂大，是您倾尽心血和爱心，把我抚养成人，也是您的倔强性格和献身精神，教我如何自强不息和对天地神灵深怀着感恩之情。

您是惜福的人

——第一封给天国的母亲的信

我们到了香港后，才知父亲为了生存，在菲律宾已另组家庭，我多了一个"番母"（闽语，外籍母亲）和一个弟弟。父亲后来开了一爿小型杂货店，每月只寄下一百五十元家用。您毫不犹豫地把父亲寄来的月钱汇了一百元给外婆家。我们则租赁了一个没有窗户、没有书桌、只能安放一张双架床的房间——也要花六十元。您只好去制衣厂做剪线头的女工，一个月也不过是六十元见外。我们只靠这微薄入息过活。我则利用课余、周末、假期穿胶花和夹拉链头赚点零钱帮补学费。

20世纪五六十年代的香港，还是手工业社会，我们是属于社会的底层，生活简朴却充实。每天的早餐是一杯白开水和一毫子购买的两个隔夜面包，然后各自再携带两个隔夜面包当午餐。我下午放学回来，便去买餸、煮饭、洗衣服、打扫房间。我胡乱吃了一点东西便坐在上架床，伏在一块临时搭起的床板上做功课。您一般要九时许才能回家，我将煮好的饭菜用器皿盛起、拿旧报纸小心翼翼包裹起来，再放到枕头底或棉被内保温。这样，每当您下班回来从枕头底或棉被内取出的饭菜还是冒着热气的，您一边因饥饿而大口大口地吞咽、一边忙不迭地说"饭菜还烧哩"（烧，即热，闽南语）。这时我感到内心一阵温暖。我们就是这样"相依为命"（您的口头禅）熬过这段日子。

待我出来社会做事、经济稍微好转时，生活才较安定。您也不用打工了，但是您仍不失俭朴的本色。常挂在您嘴边的是"人要惜福"。您是一个非常惜福的人，从来不会暴殄天物。但是，您煮饭做菜却很大方，分量很足。两个人的饭菜，您往往要做三个人的分量，如果请客更不得了，分量更是倍增。您常说，当年乡下连饭也吃不饱，您怕客人吃不饱、菜不够。每顿饭下来剩下的饭菜，不管隔了多少天，您都舍不得倒掉。冷饭可以炒热再吃。剩菜是一个头痛的问题，往往桌上有两样新餸，却有三四碟旧餸。一星期下来，旧餸少说也有五六碟，您又不让倒掉。有一次我偷偷地把"沤"了大半月的剩菜倒掉，您知道后大发雷霆还直斥我忘本，并难过地哭了，从此以后我再不敢造次。后来我灵机一动，想了一个土法。每个周末，我亲自下厨，把每周的剩菜分两份，一份做一品米粉窝当午餐，一份做福建杂烩炒饭或什锦炒米粉当晚饭。我往往以身作则带头津津有味地吃他两大碗，两个孩子看在严父分上，虽然心里嘀咕，却不敢违拗，只好照吃如仪。您看到这一情景，脸上漾着笑容，并念叨着："人要惜福。"

后来因为婆媳的原因，您返回泉州定居，我特地购了一个商品楼给您住，并让您的弟妹和外甥女来陪您。您因与家乡人同声同气，加上与弟妹共聚一堂，心情开朗，过了十多年安定的生活，身体也健康了。

您恪尽责任把一生心血都献给家人，没有真正过好日子。当我经济较宽裕的时候，我执意要给您吃好、穿得体面。但是我给您的钱，您都背地里转送给了您的弟妹，我买给您的新衣裳您都舍不得穿，要么给了妹妹，要么折叠整齐放在衣柜内，宁愿穿旧衣服。您的全副心思只有家人，从未像别人那般铢锱地为自己算计过。您为人谦卑，只有一桩事是张扬的，就是爱向乡里夸赞儿子有多孝顺、孙女有多能干。我深谙您是把终生的幸福寄托在您的家人身上，您因子孙的幸福而幸福，您因亲人的荣耀而荣耀！

埋在心底的情意
——给天堂的母亲

虽然聚少离多，您与远适菲律宾的父亲并不是没有感情的。您知道父亲再娶，也难过、也哭过。与此同时，您也体谅到父亲的苦衷，您半自言自语半向我解释地道，他不识字，需要一个懂记账的人，况且菲律宾政府实行菲化政策，开店要用土籍菲人注册。从我们来香港直到父亲逝世的二十多年中，父亲来香港相聚不到十次。每次父亲来聚，您一反省俭节用的常态，不惜工本买了许多参茸药材，每晚都炖补品给父亲吃，我与您则把父亲遗下的汤渣吃掉。

当您因婆媳关系而感到不开心时，您曾跑到菲律宾与父亲同住，您在异乡不到一年便折回。您决定回来并不纯是与番母相处不好，而是您闲不了。一来您不会帮父亲做店头生意，二来父亲在山顶小镇雇请菲佣很便宜，一家人少说有三四个菲佣做家务，您怎地插不下手。套您的话说，平常勤于手脚的您，形同饭来张口、衣来伸手的废物，闷得发慌，最后还是决定返香港。父亲逝世后在菲律宾下葬，您把父亲在香港穿过的衣服重新洗涤干净，一件一件折叠好，放在衣柜内，不让我丢掉。直到您搬返泉州住，您挑了一两件父亲的衣物放在行李箱内，其余的才让我处理掉。我知道父亲遗物的象征意义——您与父亲感情的纽带只是人去物在的衣冠！您从未宣诸于口的对父亲的那份情意，永远埋在您心底。

也许是您热爱劳动的缘故，晚年的您爱走路不爱搭车，您不肯坐着说话，而是边来回走动边说话。每天早起，您便跑到寓所的空地，与一众的"老人伴"晨练，如简单的甩手、拍手、弯腰。您的步履一直是轻快的。快九十岁的人，每当电梯停电，要爬楼梯到十楼的寓所，您总是一马当先，跑得比我还快。我对您健旺的精神状态窃窃暗喜，认为这是为人儿子最大的福气。

如果说您连一点嗜好都没有，是不对的。您的嗜好就是爱看人家打麻雀和赌纸牌。每天下午空闲时间，您便跑到"老人会"去看别人赌纸牌。您每次都聚精会神地站在背后看人家兴高采烈地玩牌。我曾撺掇您下场一起玩，并表示赌注其实很小、俗语说小赌可怡情、不妨一试云云。您一脸庄重地说："我才不赌博！"您爱看赌博而从不赌博是怎么样的一种心态，是我一直琢磨不透的谜。在您下世后，从您简单的遗物，我对您的心态大致可以洞窥一二：我知道您不赌博是舍不得花冤枉钱，更舍不得花钱在自己的娱乐上。相反地对您的弟妹——我的舅父舅母的花钱，您一径地付给，从未有怨言。

在您九十岁的生日，我特地跑到泉州，为您做大寿，儿孙绕膝的您，笑得合不拢嘴。人人说您康泰，您毫不讳言地当众宣布，您要活到一百岁！对您的表白，在场的人没有一个不颔首，当时我想起欧阳修的名句"老骥骨奇心尚壮，青松岁久色逾新"和刘禹锡的"莫道桑榆晚，微霞尚满天"，心情特别激动。但是，翌年您在一桩车祸中却被无情地夺去生命，也夺去您活到一百岁的夙愿。当时我正出差上海，闻噩耗后漏夜赶赴泉州，看到您重创后面目全非的容貌，我差点晕死过去。我不禁诅咒上苍的冷酷寡情，天理的黑白颠倒，竟然令您这位把终生奉献给家人的人没有得到善终！

在送殡那一天，我肝肠寸断、悲怆莫名，唯一可以做的，是把您不舍得穿的新衣服都通通给您穿上或火化给您。当我双手捧着您的骨灰从闽南千里迢迢带回香港安置，恍惚捧着一颗圣洁无瑕的心，耳畔回响起的是发自五脏六腑的声音："母亲啊，您竟已成一缕灵魂／一缕灵魂，曾经是一双手／辛苦经营，将我编织成形象。"（余光中）您的遽去和罹祸，在我的心头凝结成千年冰川，难以化解。我只好用乏力的笔和苍白的文字，去表达我对您的由衷敬意和一点点心迹，稍稍纾解我那千回万折的心结，以叩祭您走了快四年的亡魂。

给女儿第一封长信

台湾圆神出版社邀约海内外卅余位作家、企业家写《给女儿的信》，兹值女儿小清、小翔赴美国念书，所以应命提笔，给两个女儿写了一封长信。

小清、小翔：

这是你们去美国念书，爸爸给你们写的第一封信，写这封信的时候，你们都已长大。记得清清刚迈进十八岁的当儿，猝然问爸爸成年人与少年人有什么不同。爸爸略为踌躇地说："成年不光是生理的成熟，也是心理的成熟。换句话说，你不光可以独立行动，同样地，你也要对自己的一行一动负责任；你不仅需要独立思考，而且要具有独立的判断能力。"

清清似懂非懂地点点头。

我没有再作进一步的阐释，因为既然爸爸不再像童年时寸步不离地看顾你们走路，你们已经要独自上路，当你们跌倒了，你们自会从摔跤中吸收不摔跤的经验。

换言之，人生的历练，将会逐一解开你们的疑惑。

在你们临离开香港的那阵子，爸爸是尽可能多点时间与你们在一起的。爸爸为学习、工作、生活，是个经常往外跑的人。

其实爸爸是最怕别离的。

想起那年我负笈美国的时候，在机场话别时还不怎样，到了朋友在洛杉矶的家，便忐忑不安了一个晚上。一个人辗转在陌生的床铺上，眼泪再忍不住了。

因为想到妈妈，想到你们。

这是爸爸几年来从未公开的小秘密。

再后，就巴巴地盼望着妈妈和你们的信。

当初爸爸在爱荷华期间，前一段是住在五

月花公寓，信箱是用密码开的。我心情一急，往往拧错方向，弄得满头大汗，几费周折，最终才打开信箱。如果看见有香港来的信，颇有苦尽甘来的感觉；如果没有信，那种失落与说不出的怅惘，久久拂不去。在异地收到亲人、友人的信，其欢忻的心情，真可令人雀跃三丈。信是维系亲情、友情的线。只有勤写信，这条线才不会折断。

还记得在中环那家餐厅的一席话吗？

我之所以选择这家餐厅，因为它具有意大利农村风味，有一种温馨的感觉。

翔翔问我人生什么最可贵？

我答是亲情和友情。

记得台湾的柏杨伯伯吗？柏杨伯伯经历了不少人间辛酸、苦难，特别是他锒铛入狱后，他赖以生存的意念，是来自与他唯一的亲人——小女儿佳佳的通信，这是他的精神支持。独自在狱中默默煎熬的柏杨伯伯，多么希望他的至亲骨肉给他写信，哪怕是一句"爸爸，我爱你"。

年幼的佳佳，最初不懂慈父的苦心，写信给她爸爸的次数不多。待佳佳长大了，当她十六岁的时候——比你们现在还少一两岁，便老远跑到火烧岛去探望她的爸爸。

南非黑人领袖曼德拉坐了廿多年牢，他的女儿津姬也是在十六岁（按监狱的规定，"犯人"的家属要到十六岁才可探监），几经跋涉，赶到偏远荒凉的罗本岛看望她的父亲。

监狱的门禁再森严，牢房的墙再高，也禁锢不了父女情。

最近看到画家黄永玉伯伯一篇文章，很是感人。文章故事的主角是他的朋友蓝伯。

蓝伯早年收到内地一位好友的信，嘱他以一块钱购买一张香港的彩票。结果彩票中了八十万港元。

蓝伯赶快与这位朋友联系，却联系不上。在这种情况下，蓝伯的亲友均认为这笔钱理应归蓝伯所有，因为那一块钱也是蓝伯垫付的。

但蓝伯并不为所动，特请来几位好友和律

师向他们说明原委，由律师作证，把这笔钱存入银行。自己借了其中一半，作为自己经营生意的本钱；又将剩余一半，替那位朋友经营其他生意。

开放后，他终于找到他的朋友的家人。蓝伯设法把朋友的两个孩子申请到香港，供他们上大学。待他们成年之后，便找回原来见证的朋友和律师，办理移民手续，并把自己借的那一半连本带利交回"原主"。

事后有人对蓝伯说，彩票钱是你出的，又是你去买的，不过是朋友一句话，况且除了自己，没有人知道，原本不必这样认真。

蓝伯指一指头上，指一指胸口，意喻天知、良心知。

蓝伯不但恪守做朋友的信则：真诚、守信，而且表现出一种光明磊落的高贵情操。

爸爸把蓝伯的故事告诉你们，主要是让你们知道，朋友之间相交，真诚可靠是至关重要的。

那天在中环的餐厅，翔翔还提出一个问题：怎样才能算是一个成功的人生？

我曾提到，一个人的成功，一个是自我的努力，一个是机会。美国社会有一句俗语，对你未尝试过的东西，不能说不会。换言之，经过努力尝试而失败，才能说不成。

正如我常常对你们说，未作过最后努力，不要轻言失败。人是奇怪的东西，他的潜能往往是无可估量。当你要做一桩事，你尽自己所能去做，成功的机会是很高的。

爸爸有一位在新加坡刻版画的朋友庄淑昭，她因脑疾施过五次手术而几近失明。她凭着坚强的意志力，在视力几乎为零的情况下，继续作版画，并且在世界各地举行了多次巡回画展。失明的她，要付出比常人多多少倍的努力？如果她的意志力不够坚强，她的艺术生命肯定从此结束了。

爱迪生曾经说过一句话："Genius is one percent inspiration and ninety—nine percent perspiration."

意喻天才只有百分之一靠灵感，而百分之九十九是靠自己的辛勤努力。"Perspiration"直译是"出汗"。只有出大汗、花大气力的人，才能达至成功的彼岸。

有了目标，便要专注及投入。对于自己的目标或主张，要持之以恒，锲而不舍，除非事实已证明自己是错的，否则不要轻易放弃或更改。

法国哲学家伏尔泰说过这样的一句话："经常改变主张的人不是弱者就是骗子。"

你们就要投身一个陌生的环境。在异国，一个人的自尊和一个民族的自尊同样重要。

你们记得聂华苓阿姨和保罗·安格尔伯伯吗？那年他们来港，爸爸妈妈还特地带你们去看望他俩。后来爸爸向清清推荐聂阿姨写的散文集——《黑色、黑色，最美丽的颜色》。其中有一篇文章，爸爸是一直希望你们好好读一读的。这篇文章题目是《"国"格与"人"格——答青年朋友们》。爸爸一直没有时间深入地和你们谈一谈这篇文章。现在在信上补充说说。

这篇文章是讲，中国人在海外应该如何自处——即定位。其中有聂阿姨个人的体验。文章的结尾是这样写的："……在海外的人（华人）一举一动都代表着中华民族，在海外的中国人，'人'格是和'国'格息息相关的。'国'格是国家在历史的演进中建立起来的，'人'格是中国人在美国社会待人处世的准绳。到美国去的人千万不要自囚于孤立的'中国城'中（指华人圈子），应该撞进美国社会，多和美国人接触，学习他们的长处，回来报效自己的国家。有了'国'格和'人'格的人，无论到哪儿都会受到尊重的。"

现在中国人在海外的处境，更不容易了，个人的"人"格就更来得重要。相信这个道理，你们是明白的。只有争取好的成绩，有一个好的个人风范，不卑不亢，才不致迷失。聂阿姨在美国曾受到歧视，但通过她多年的努力，她在文学上、学术上取得成绩，受到包括美国社会在内的国际的肯定；她的正直、勤恳、慷慨好义的作风（曾帮助许多中国留学生），受到社会的认同和赞赏。

这封信也许写得太长，请不要嫌啰唆。爸爸每天早出晚归，一家人坐下来谈心的机会很少，就当作是一个补偿吧。

爸爸在美国进修时，曾接过清清一封信，她说最大的快乐时光莫如周日早上与爸爸在平台跑步，然后去美心吃早餐，跟着返回家合力大扫除。

当时我看了这封信内心一阵难过。我们每周的相处不过是一个周日；即使是每个周日，也不过是一个上午；即使是这一个上午，如果说是爸爸陪伴你们，毋宁说是爸爸的需要——需要你们陪伴爸爸。

美国回来，我抱着救赎的心理，很想多抽点时间跟你们在一起。但你们已长大了，上了中学，有自己的生活圈子和朋友，一家子更难得凑在一起了。连过去每周日上午的相聚，也已成了遥远的事。

过去的事，只有通过回忆去重温，是绝不能重复一次的。

这原是无可救赎的，也是爸爸一直耿耿于怀的事。

爸爸不是看重形式的人。但为人父母者无不重视儿女对自己的感情——况且是你们要离开了！你们过去给爸爸的生日卡，有些还是自制的，爸爸一张不漏地储起来，为的是那一份亲情。

最后还是那一句话：希望你们自强不息。

永远爱你们的爸爸

俞平伯的梦

1990 年巴黎时间 10 月 16 日凌晨五时，我在巴黎客寓睡梦中被电话响声惊醒。

拎起电话筒，传来家人感伤的声音。

"俞平伯的外孙打来电话，让我通知你，俞平老逝世了！"

我握着电话筒，愣了好一阵子，才嘱内子代打电话给俞平老的家属致以慰问，并通知韦奈兄代送花圈。

虽说巴黎的时间比香港早了七个小时，但，当内子再来电话时说俞平老已立即火化了，我仅剩下聊以表达遥远的哀思的一点点虔诚竟已晚了！

那一天透早醒来，瘫在床上，俞平老的音容历历，拂之不去。

那年 9 月初去探望他，我已有某种预兆，所以临离开北京的那一天，又去看他一次，但料不到他走得那么快。

当时的他，迹近"植物人"，除了保姆一天两餐抱他起来喝稀烂的粥水，他一直躺在床上，浑然不觉。连他平素最疼爱的外孙韦柰，也不知道他在想什么。

"他的离去，未尝不是一种解脱。"

他来得孤寂，走得也孤寂，连一句话也没有留下。

他逝世后立即火化，是他早年向家人所作的叮嘱。

一代红学大家、一代文学宗师，丢除了一切繁文缛节——不要说隆重的追悼会、告别仪式，连他的友人向他表达悼念也来不及。

他孑然地走了，伴着他走的还有那一身坚韧不拔的傲骨！

俞平老的外孙韦柰，1990 年 4 月下杪从北京打来长途电话，说俞平老第二次中风，已呈昏迷状态。又说他与母亲（俞平伯的女儿）苦劝俞平老入医院，老人家怎地不肯。

理由很简单，家里的条件再不好，还是自己的窝。

正如韦奈说："他一生为人正直善良，性格豁达倔强。"

这也许是俞平老"倔强"的一面。

1990 年 1 月 4 日是俞平老的九十大寿，我曾在香港《明报》专栏写过一篇祝贺文章。

当时俞平老身体已很孱弱了。韦奈每次来信提及俞平老的健康，一次比一次担忧，我是一直捏着一把冷汗的。

以后几个月，我所能做到的事，是设法给他捎去一点野生花旗参。

1989 年 5 月下旬赴北京公干，特地跑去看望他，当时他已病卧床榻，举箸不灵。我怀着怏怏的心情走出南沙沟俞寓。

过去，每次去探俞平老，都很开心。

快近九十岁的老人家，每次听见我来，便颤巍巍地从房间走到客厅。他执拗地不让家人扶持。在他纷沓的步履中，我感到那一份执着，从有点佝偻而矮小的躯体散发出来。

他喜欢抽烟,一支又一支地抽,每次我探访,都给他带上一条香烟。

1985 年的一次会面,他见到我时显得特别高兴。他告诉我,前几天刚参加过清华大学校庆,并在他的好友朱自清纪念碑前拍了照片。说罢把唯一的照片和嘉宾襟条送给我,我把嘉宾条别在衣襟上。

他天真地笑了。

与俞平老先生的交谊,是从 1978 年开始,那时我对现代中国作家发生了极大的兴趣,俞平老也在被研究之列。

当年,香港的篆刻家许晴野为我介绍了俞平伯先生和叶圣陶先生。而后与俞平老通过好多遭信,每次到了北京,例必去拜访他。

俞平老是甘于寂寞的人,自从 1953 年受到点名批判后,很少在公众场合露面,即使在 1978 年内地文艺政策开放后,许多老作家、老学者纷纷参加公开的文化、政治活动,俞平老仍然是深居简出。

晚年的他致力于旧词的钻研，闲来与他的夫人许宝驯女士合作谱写了不少昆曲。

俞平老与年长他四岁的夫人是患难与共、恩爱很深的伴侣，1982 年许夫人逝世，俞平老作悼亡诗《半帷呻吟》，情意款款。

自许夫人仙游后，俞平老即落落寡欢，某次去看望他，他倏地提起 20 世纪 20 年代他到美国考察途经香港的事，对香港十分缅怀。后来我尽力为之奔走。1986 年 11 月俞平老应香港三联书店与香港中华文化促进中心邀请访港，发表对《红楼梦》研究的新见解，轰动一时。

1988 年他的《俞平伯论红楼梦》出版，凡七十七万字，是学术界的大事。这本书我原拟代为在海外出版，可惜未能实现，乃一大憾事。

俞平老逝世后，在香港报章上看到一篇文章，谈到俞平伯和梁漱溟之不同，是他"直到死还都是'文艺'的"，而梁漱溟则参过政。

诚然，俞平伯先生是典型的温文尔雅的书生，他是学者，也是文学家。学者是倾向于理性、冷彻的，文学家则多是热情的拥抱。俞平老在五四时期，曾奋力呐喊过，大力倡导"平民诗""民众文学"。也许这是他受到时代的感召。

但热情平伏后，他又埋首于学术研究——研治他的《红楼梦》和古典诗词。这是他的本分，始终没有丢弃。

大抵这就是文章所指的"文艺的"俞平伯。

尽管俞平伯自五四新文学运动后，几乎没有涉足政治的圈子，但政治却偏偏找上他。

俞平伯是解放后"文坛三公案"的主角之一（其余两个主角是《武训传》的姚克、"胡风反革命集团"的胡风）。

"三公"之一的俞平伯，相信直到逝世的一天，还不知他为什么会成为"反动学术权威"。

因为他不过是以一个学者求真求实的态度去研究中国的古典名著。

对他，这永远是解不开的谜。

"我们低首于没奈何的光景下，这便是没有奈何中底奈何。"

近来，整理俞平伯先生的赠书，发现一本他早年的诗集——《忆》，其中有以上的话语。

　　这本诗集写于 1925 年，中国内忧外患，文化人在"低首于没奈何的光景下"，去追忆过去的梦——特别是儿时的梦，无疑是"没有奈何中底奈何"。

　　当时的俞平伯也不过是二十五六岁的光景，已置身"可诅咒的一切"的世界了，因此，他只能暂避于"疯魔似的童年的眷念"的港湾。

　　这是生逢乱世唯一可行的自我慰藉！

　　俞平老本人便很喜欢写梦境，如《梦记》《我想》等。他的《忆》有这样两句诗：

　　　　小燕子其实也在无所爱，

　　　　只是沉浸在朦胧而飘忽的夏夜梦里罢了。

　　小燕子可视为俞平老的自况自喻。

　　对于他来说，人生是一大梦，如果他不在朦胧的梦中去寻求心灵的慰藉、精神的寄托，他在大半生的政治风暴、巨大的人生逆流中，早已遭到灭顶之灾。这是无奈何中的奈何！

韦奈兄一次写到俞平老病重的时候，曾念叨着"给写文章的人寄钱"，而收钱人竟是文学后辈的我，那款款情谊，岂止于一泓的潭水，里边包含着无尽的期待。

每当想起这桩事，便激动不已。

我与俞平老虽是忘年之交，他的道德文章，如高山流水，仰之弥高，是我这个文学小辈一生也难以沾到边的。想到他在视力几乎为零的情况下勉力为他家乡学校写的横匾："业精于勤"，我便为之抖擞精神，没敢躲懒。

沈从文爱情的甜杯与苦杯

我行过很多地方的桥，

看过许多次数的云，

喝过许多种类的酒，

却只爱过一个正当最好年龄的人。

——沈从文

顽固地爱着她！

我在写沈从文的感情故事时，沈从文的助手王亚蓉建议我先把近年出版的《沈从文家书》《沈从文家事》读完再动笔。读罢这两部书，我的心情是异样地沉重。

一直以来，沈从文都称自己是一介"乡下人"。

但，这个"乡下人"兼具湘西苗人的淳朴和苗裔强悍的性格。这也包括对感情生活的执拗及对爱情矢志不移的追求。

沈从文"只爱过"的人，正是后来成为他夫人的张兆和女士。

论者在评述沈从文这段姻缘时，提到沈从文对张兆和发动锲而不舍的恣情追求，与他平常木讷嗫嚅的性格，迥异相背。

沈从文温文尔雅的外表举止，掩盖了那一颗择善固执的不羁之心。

张兆和是大家闺秀，父亲是教育界名人——苏州乐益女子中学校长张冀牗，曾祖父张树声历任两广总督和代理直隶总督。

张氏四姐妹都乃大家闺秀，才貌过人，知书识礼，诗词歌曲（昆曲）样样精通，遐迩知名。

其时的张兆和刚巧十八岁，婷婷袅袅，美丽娴雅，在上海中国公学念书。

从未进过大学、行伍出身、只有小学文凭的沈从文，由著名诗人徐志摩的极力推荐，被破格聘为大学讲师。

张兆和出众的仪表和高贵的气质，使上大学部初年级第一堂现代文学课的老师沈从文，为之惊艳不已，神魂颠倒，连课也讲不上来，只好讷讷在黑板写上"见你们人多，怕了"字眼作为搪塞。

一见钟情的沈从文，内心掀起澎湃的感情浪花。

自此后，这个"乡下人"情不自禁地向少女发出一封封求爱的情信，展开了一段漫长曲折的师生恋。

说起写情信，原是沈从文的拿手好戏。沈从文曾替表哥——画家黄永玉的父亲，捉刀写情信给表哥心仪的湖南师范美术系女生，情文并茂，从而打动了女方，让表哥最终赢得美人归。

举凡中外名家的情信，大抵都是有点肉麻兮兮的，也许唯其如此，才能打动异性的芳心。

沈从文也深谙个中的窍门，他也是靠情书赢得佳人的。

且看他是怎样写给心上人"三三"的（"三三"是张兆和的小名，因她在众兄弟姊妹中，排行第三）——

　　我曾做过可笑的努力，极力去同另外一些人要好，到别人崇拜我愿意做我的奴隶时，我才明白，我不是一个首领，用不着别的女人用奴隶的心来服侍我，却愿意自己做奴隶，献上自己的心，给我所爱的人。我说我很顽固的爱你，这种话到现在还不能用别的话来代替，就因为这是我的奴性。

　　三三，莫生我的气，许我在梦里，用嘴吻你的脚，我的自卑处，是觉得如一个奴隶蹲到地下用嘴接近你的脚，也近于十分亵渎了你的美丽。

　　……

一个堂堂的教授做出奴隶般的表白，可见他爱得疯狂，愿意为爱豁出一切，包括尊严。

但是，沈从文心目中所塑造的女神，对沈从文排山倒海般的情信，竟然不屑一顾，在同学们的窃窃私语中，三三索性把沈从文给她的一大摞情信送到校长胡适的手上。

受西方教育的胡适，不仅没有认同眼下学生的投诉，反而劝喻这个女学生，还替沈从文美言，夸奖沈从文自学成才，具有很高的文学成就云云。

胡适甚至开宗明义地说："他顽固地爱着你。"

女学生却不为所动，断然地说："我顽固地不爱他！"

眼看伊人心坚如铁，胡适只好劝沈从文急流勇退："这个女子不能了解你，更不能了解你的爱，你错用情了。"

流淌着苗裔好勇性格血液的沈从文，仍然不气馁。当他转到青岛大学教学期间，仍然死心不息地一迳给在上海的三三写情信。

这一时期，沈从文经过一番反省，换一种较温和平实的手法来写："我希望我能学做一个男子，爱你却不再来麻烦你。我爱你一天总是要认真生活一天，也极力免除你不安的一天。为着这个世界上有我永远倾心的人在，我一定要努力切实做个人的。"

沈从文的两次自杀

对一个四年来从未间歇给自己写情意绵绵的信的教授，张兆和到底不是一块顽石，她终于被打动了："自己到如此地步，还处处为人着想，我虽不觉得他可爱，但这一片心肠总是可怜可敬的了。"

张兆和以上写在日记中的话语，是内心的真正表白，他虽"不可爱"，却有一片日月可昭的心肠，令她感到可怜和可敬，为他的精诚所感召，终于悄悄地打开紧闭的爱情之门。

沈张这段姻缘后来的发展，并不如外界所想那么圆满。其一，他们的结合，于女方来说，一直处于被动，不尽是心灵的默契。

两人出身背景反差太大，此其二。

爱以文人入小说题材的钱锺书曾写道："他

在本乡落草做过土匪，后来又吃粮当兵，其作品给读者野蛮的印象：他现在名满天下，总忘不掉小时候没好好进过学校，还觉得那些'正途出身'者不甚瞧得起自己。"（钱锺书《错》）这也暗喻沈从文因出身背景而被奚落，令他产生自卑心态。

当时沈从文被聘为大学教授，国学大家刘文典及著名诗人穆旦（查良铮）曾公开表示轻蔑和非议。

我们不知道这种歧见是否在张兆和的心里留下阴影。

婚后两人的生活起初是绸缪甜蜜的。

这段童话般的爱情激发沈从文极大的创作动力，使他写出经典小说《边城》，小说中黑而俏丽的女主角翠翠，隐约有着张兆和的影子，张兆和在大学期间曾被许为"黑凤"。

沈从文初婚不久，因母亲生病，去了一趟湘西。所谓小别胜初婚，其间两人因距离而更恩爱，书信来往不辍，情意绵绵，在沈从文后来出版的《湘西书简》中可见一斑。

在那一年寒冬，张兆和担心二哥（张兆和对沈从文的昵称）的身体，沈从文安慰着三三，深情款款——

长沙的风是不是也会这么不怜悯地吼，把我二哥的身子吹成一片冰？为了这风，我很发愁，就因为我自己这时坐在温暖的屋子里，有了风，还把心吹得冰冷。我不知道二哥是怎么支持的。——三三

三三，乖一点，放心，我一切好！我一个人在船上，看什么总想到你。——二哥

抗战全面爆发了，1938 年后，沈从文被迫离开北京，南下西南联大教学，张兆和没跟随，留在北京照看孩子。这期间他们也写信。

从另一部《飘零书简》可见这一期间两人的感情开始起着微妙变化。张兆和的信里谈的多是家计、小孩、生活的艰难，埋怨沈从文"打肿了脸充胖子""不是绅士而冒充绅士"……沈从

文则怀疑张兆和已经不爱他，因她一直托词不南下相会，套沈从文的话，总是"迁延游移"，自此两人之间不期然出现了缝隙。

解放前后，对沈从文是一个噩梦。与他有夙怨的郭沫若首先发难，于1948年3月，在香港的《大众文艺丛刊》以《斥反动文艺》为题，指沈从文背离左翼，是"桃红色作家""一直是有意识地作为反动派而活动着"。

在当时文坛具有权威地位的郭沫若作出以上批判，对沈从文是一记致命打击。

迨至解放前夕，沈从文已意识到处境不妙，自称"我写的全是要不得的"，"我说的全无人明白"（刘红庆《沈从文家事》），顿感前途渺茫，而萌生自杀的念头。

据他的大儿子沈龙朱说，他父亲企图自杀过两次。一次是想以触电自杀不遂，另一次是以刀片割脉——割手腕、脖子，弄得到处是血，被送到医院抢救过来。

这期间，连家人都认为他精神失常。

在现实面前，沈从文知难而退，钻进了故

宫的"故纸堆",去开创另一番文化事业。即使是这样,妻儿也并不欣赏,曾质疑他从事的"是没有什么意思"的工作,是"老古董"。

一片冰心在玉壶。妻子和孩子们对丈夫和父亲的真正认识是在他身故以后的事。1999年8月23日,沈从文逝世十一年,张兆和在《沈从文家书》的《后记》写了下面的话:

> ……从文同我相处,这一生,究竟是幸福还是不幸?得不到回答。我不理解他,不完全理解他,后来逐渐有了些理解,但是,真正懂得他的为人,懂得他一生所承受的重压,是在整理编选他遗稿的现在。过去不知道的,现在知道了;过去不明白的,现在明白了。他不是完人,却是个稀有的善良的人。对人无机心,爱祖国,爱人民,助人为乐,为而不有,质实素朴,对万汇百物充满感情。

张兆和不免悔疚地说:"太晚了!为什么在

他有生之年，不能发掘他，理解他，从各方面去帮助他，反而有那么多的矛盾得不到解决！悔之晚矣。"

　　可见人与人之间的藩篱，是很难逾越的，夫妻已然如此，更遑论其余！

苦恋一世的卞之琳

我要有你的怀抱的形状，

我往往溶于水的线条。

你真像镜子一样的爱我呢，

你我都远了乃有了鱼化石。

——卞之琳《鱼化石》

卞之琳的爱情哲理短诗之中，最为人传诵的，除了《断章》，还有《鱼化石》。

《鱼化石》与《断章》一样，全诗只有四句，却有丰富的内涵，也同属爱情诗，是为张充和而写的。

卞之琳在《鱼化石·后记》的解读中表示，诗的第一行借用了保尔·艾吕亚的两行句子——"她有我的手掌的形状，她有我的眸子的颜色"，与司马迁的"女为悦己者容"的意思相通。

第二行蕴含的情景，从盆水里看雨花石，水纹溶溶，花纹溶溶，令人想起保尔·瓦雷里的《浴》。

第三行"镜子"的意象，仿佛与马拉美《冬天的颤抖》里的"你那面威尼斯镜子"互相投射。马拉美描述说，那是"深得像一泓冷冷的清泉，围着镀过金的岸；里头映着什么呢？啊，我相信，一定不止一个女人在这一片水里洗过她美的罪孽了；也许我还可以看见一个赤裸的幻象哩，如果多看一会儿"。

而最后，鱼化成石的时候，鱼非原来的鱼，石也非原来的石了。这也是"生生之谓易"。也是"葡萄苹果死于果子，而活于酒"。

诗人反问："诗中的'你'就代表石吗？就代表她的他吗？似不仅如此。还有什么呢？待我想想看，不想了。这样也够了。"

四行诗可以引申出一大堆繁复的意象和埋藏那么丰富联翩的遐想，我想古今中外也只有卞之琳才有这份的能耐！

性格极度内向的卞之琳，也许存心与读者捉迷藏，不好直截了当地表明真正心迹，只好顾左右而言他呢。

还幸，卞之琳在 1978 年出版的《雕虫纪历·自序》曾隐隐约约吐露了这段感情，使读者才可寻到他感情生活的一些蛛丝马迹：

在一般的儿女交往中有一个异乎寻常的初次结识，显然彼此有相通的"一点"。由于我的矜持，由于对方的洒脱，看来一纵即逝的这一点，我以为值得珍惜而只能任其消失的一颗朝露罢了。不料事隔三年多，我们彼此有缘重逢，就发现这竟是彼此无心或有意共同栽培的一粒种子，突然萌发，甚至含苞了。我开始做起了好梦，开始私下深切感受这方面的悲欢。隐隐中我又在希望中预感到无望，预感到这还是不会开花结果。仿佛作为雪泥鸿爪，留个纪念，就写了《无题》等这种诗。

其实，徐迟远在 1943 年，在《圆宝盒的神话》一文便指出，"……献给一个安徽女郎的《鱼化石》，这一片《鱼化石》中的怀抱着并且照出了全世界各时代的恋"。

这个安徽姑娘不是别人，正是安徽张氏四姊妹之一的大才女张充和。

卞之琳虽然精通中西文化，著述等身，但却拙于口才，寻常讲话讷讷而结结巴巴，很不伶俐，加上内向性格，使他在感情上吃尽苦头。

正如张充和所说的，卞之琳是一个极不开朗、极为内向的人，是一个不善于、也不敢于表达自己的感情的人。唯一的途径，只有诉之于文字和诗篇。

对卞之琳的倾情，我相信张充和女士不是全无所知的。张女士在答复苏炜询问时说道："他后来出的书，《十年诗草》《装饰集》什么的，让我给题写书名，我是给他写了；他自己的诗，让我给他抄写，我也写了。可是我也给所有人写呀！我和他之间，实在没有过一点儿浪漫。他诗里面的那些浪漫爱情，完全是诗人自己的想象，所以我说，是无中生有的爱情。"

溯自1937年，卞之琳客居温州雁荡山大悲阁寺，特地编选了他的近作，题为《装饰集》，注明"献给张充和"的，这已间接表达了浓浓的情谊了，张充和不可能感觉不到的。这本诗集原来打算由戴望舒的新诗出版社出版，不果，后来编入《十年诗草》，也是由张充和题的书名。

卞之琳为了表达对张充和的款款情谊，自己曾把《装饰集》抄录一遍，准备把这手抄本，赠送给张充和，最终也没送出去。

问题是卞之琳从未向张充和直截了当地表达过爱意。如果他学习当年沈从文追求张充和的三姐张兆和的死劲——他深埋在地下单恋的种子，说不定有破土的机会。当年沈从文天天给他的学生张兆和写情信，张不胜其扰，把情信交给北大校长胡适处理，后来沈从文转到别的大学任教，仍然死心不息地给张兆和写情信不辍，终于打动美人芳心。

无疑，沈从文是情关的一员闯将，卞之琳缺乏的恰恰是这份胆识，不免遗恨绵绵。

从爱字通到哀字

沈从文曾在《三生》文章里，隐含揶揄卞之琳单恋张充和的鳞爪："……然而这个大院中，却又迁来一个寄居者，一个从爱情得失中产生灵感的人，住在那个善于唱歌吹笛的聪敏女孩子原来所住的小房中，想从窗口间一霎微光，或者书本中一点偶然留下的花朵微香，以及一个消失在时间后业已多日的微笑影子，返回过去，稳定目前，创造未来或在绝望对孤寂中，用少量精美的文字，来排比个人梦的形式与联想的微妙发展……"

晚年的张充和曾说道："那时候，在沈从文家进出的有很多朋友，章靳以和巴金那时正编《文学季刊》，我们一堆年轻人玩在一起。他（指卞之琳）并不跟大家一起玩的，人很不开朗，甚至是很孤僻的。可是，就是拼命给我写信，写了很多信。"

换言之，这是卞之琳一厢情愿的单恋，这一恋情旷日持久，整整维持了一甲子。打从1933年秋在沈从文家邂逅在北大读书的才女张充和开始，卞之琳便为她的丰仪所倾倒，此后，魂牵梦绕，一发不可收拾。

原来被闻一多称赞不写爱情诗的卞之琳，改变了初衷，为张充和写下大量驰名的、爱情题材的诗篇，如他的代表作《断章》《鱼化石》《无题》等诗篇。

卞之琳的苦恋与日俱增，一层一层地积淀在他的心底，他的情诗原是地下感情熔岩的喷发，所以字字珠玑，行行深情。诗人这份深情虽蘸满心中流淌如泻的泪痕，却刻意显得深沉莫测。这也是他自况自喻的"古代人的感情"："古代人的感情像流水，积下了层叠的悲哀"（《水成岩》），而时间"磨透于忍耐"，"回顾"时还挂着"宿泪"（《白螺壳》）。

卞之琳有点守株待兔式地枯候"吹笛的聪敏女孩子"的眷顾，再没有结识其他异性朋友，直待到张充和1948年与汉学家傅汉思在北平结婚。七年后，1955 年，他才与现任夫人青林结婚。

婚后的卞之琳，仍然余情未了，念念在兹。

记得 20 世纪 70 年代末，内地刚开放，我便收到一篇散文稿，是由北京三联书店总经理范用转给我。文章是给《海洋文艺》，我当时在该杂志任事。当我收到这篇文章时，怔忡老半天。因为整篇文章的笔迹是老诗人卞之琳的，作者的署名却是张充和。

后来我在北京见到卞之琳，我特地就此事探询过他。他腼腆地说："因为我要保留她的手稿！"

那是个还没有复印机的年代。仅仅是为了保留她的手稿，已届七十多岁的诗人花了不少力气用硬笔一笔一画地誊抄了这篇稿。这篇稿比起诗人自己写的稿更工整清晰、更用心。

卞之琳逝世后，卞之琳的女儿青乔将其父于 1937 年为张充和手抄的一卷《装饰集》以及一册《音尘集》、一卷张充和手抄的《数行卷》，捐赠给了中国现代文学馆。

　　《数行卷》（七首诗）是张充和以毛笔蘸银粉，用秀丽小楷写的，卞之琳把这手抄本一直随身携带，直到他离世，可见对其真爱。

　　二十多年过去，卞之琳也已走了整整十余个春秋。他是带着这一段终生不渝的苦恋上路的。

　　以苦恋的长跑者姿态出现的卞之琳，最终的结局，在他的《白螺壳》已预见到了：

> 我仿佛一所小楼，
>
> 风穿过，柳絮穿过，
>
> 燕子穿过像穿梭，
>
> 楼中也许有珍本，
>
> 书叶给银鱼穿织，
>
> 从爱字通到哀字！
>
> 出脱空华不就成！

　　好一句"从爱字通到哀字"的沉痛喟叹，至于是否有"出脱空华不就成"那样的洒脱，相信这只是卞之琳故作轻松的哀鸣而已。

　　也许心思纤细的女儿，深谙父亲可昭日月的一片苦心，她把卞之琳单恋的私下"定情之物"，让文学馆去珍藏，不让散失。时光荏苒，留下的，恍如鱼化石，凝住了一段天荒地老的痴情，永恒长存。

　　不管怎样，这段从来没绽过芽、开过花，更没有结过果的感情，长年在诗人心中激荡巨大的波澜，发酵并酝酿成醇然醇厚、流传不衰的诗篇，造就了一代大诗人。

萧乾的感情之旅

梦之谷之恋

萧乾在生前，曾委托传记作家李辉寄给我他少年写的一篇三十多页的佚文，我把它刊登在 1999 年 3 月号《明报月刊》上。

这是一本萧乾的私人笔记，主要是记录他在潮汕一家中学任教时的随感札记。他在这里邂逅了一位潮州姑娘，她成为他唯一的长篇小说《梦之谷》的女主角。

萧乾 1928 年在北京崇实中学读书的时候，因参加学运，传闻当局将通缉他，作为孤儿的他，惶恐中远走汕头，并在汕头的角石中学教书。当年只有十八九岁的萧乾邂逅了一个潮州姑娘萧曙雯（小说《梦之谷》的 W）。初恋最是刻骨铭心的，况且是血气方刚的年轻小伙子，简直是如痴如醉。

但是这段感情却触礁了，因为萧乾知道校长看中她。萧乾怕惹事，只好匆匆返北京，但两人相约待到萧乾大学毕业后，一块远走南洋，过双宿双栖的自由生活。

这只是一个爱情童话。别离后的恋人，大都劳燕分飞。萧乾的 W 也被迫离开学校，从此音讯杳然。

1935 年 6 月，萧乾入《大公报》编文艺副刊。20 世纪 30 年代刚巧是中国文坛鼎盛的时期，萧乾在巴金和靳以的鼓励下，开始动笔写《梦之谷》，原是以散文的形式，写他这段初恋故事，他自己并没有打算写一部长篇。

《梦之谷》在上海《文丛》发表时，靳以在目录注明是"中篇小说"，并作了预告："本刊将连载萧乾的中篇小说《梦之谷》，一个优美而悲哀的爱情故事。"

萧乾不得不硬着头皮写下去，《梦之谷》便成为萧乾一生中唯一的长篇小说。

萧乾自称："这本书是在太平年月动笔的，也是写给太平年月的。当它在杨树浦一家印刷厂里排印着的时候，不只我，多少人都还酣睡在那更广泛的'梦之谷'里。先放下这书本身种种不可想的缺陷，它终于被'订'成了书，也只是为了一集丛书的完整，一点广告上的信用。"

小说《梦之谷》描写 20 世纪 30 年代初期一个北方知识青年，由于遭受政治迫害，流浪到岭东。他人地两生疏，语言不通，终于在一家中学谋到一个教国语的职位。因身受语言隔阂之苦，便在校中奋力推广国语运动。

在一次筹款演出中，他结识了当地一个受后母虐待的大眼睛潮州姑娘，两人同病相怜，遂产生了"纯洁的爱情"，并在充满南国情趣的幽谷中度过了一段甜蜜的日子。但那里的一个有国民党党部作后台的土豪劣绅刘校董，硬将这位姑娘霸占，使一场美好姻缘以悲剧而告终。

全书通过穷人没有恋爱的权利这一点，对社会作了有力的控诉。

《梦之谷》对萧乾初恋的日子有细腻的描写：

> 我们便拉着手，像古今中外传奇里所描写的少男少女一样，徜徉在梦之谷里了……那是一段短短的日子，然而我们配备了一切恋爱故事所应有的道具：天空里星辰那阵子嵌得似乎特别密，还时有陨落的流星在夜空滑落出美丽的线条。四五月里，山中花开得正旺，月亮也是分外的皎洁，那棵木棉树也高兴得时常摇出金属般的笑声。当我们在月下坐在塘边，把两双脚一齐垂到水里，沁凉之外，月色像把我们通身镀了层银，日子也因此镀了银。我们蜷曲着脚趾，互相替洗着，由于搔痒，又咯咯地笑着……

萧乾对于这段感情，是全力以赴的。

在现实生活之中，萧乾回燕京大学读书，本来他打算"两年后混张文凭同'梦之谷'里的那个大眼睛潮州姑娘去南洋"。然而，感情生活丰富多彩而善变的萧乾，却没能实践他的诺言。

当萧乾步入人生的黄昏阶段，他终于找着这位初恋情人。他与夫人文洁若曾一起去汕头找她，但"近乡情怯"，萧乾为了保留初恋情人美丽的形象，最后没有去看望她，只有由文洁若去探望。

出现在文洁若眼前，萧乾笔下天使般的 W，已成了垂垂老矣的婆婆了！

文洁若后来写了一篇《梦之谷奇遇》，记载她与萧乾这位初恋情人见面的经过。

当时文洁若是以记者身份去探访萧曙雯的。当年萧曙雯虽然为角石中学的陈校长威迫利诱、向她求婚，她并未为之所动，在萧乾人去如黄鹤后，她后来同一位复旦大学毕业的教师结婚。

文洁若写道："萧曙雯把一生都献给了小学教育。自 1932 年起，她就在金浦乡小和汕头市第三小学当教员。日军侵占潮汕后，她同丈夫用扁担一头挑着孩子，另一头挑着行李逃难。由于她能教国语、美术、音乐、手工四门课，所以教学从未中断过。扁担挑到哪儿，她就教到哪儿。"

可见萧曙雯是一位为人师表的好女孩好老师。她的遭遇也是十分坎坷："1957年她被错划为右派；'文革'期间，又被诬为'国民党潜伏特务'，三次遭到抄家。1970年被迫迁至一间破板屋，原住房由另一户人家强占。儿子也被赶到农村去劳动。"几个月后，老实的丈夫因抑郁患肝癌死去。

"文革"期间，还有人把《人民日报》批判萧乾的文章贴到萧曙雯的门上。没有想到，萧曙雯在"文革"中还受到萧乾的牵累。

后来待到文洁若的文章刊登后，萧曙雯的居住环境才得到改善。

第二任的洋太太

清理萧乾及夫人文洁若给我的信件，发现萧乾晚年原想写一些感情回忆录，特别是想把之前三次婚变的来龙去脉写出来，向公众作出一个交代。

据文洁若给我的信写道："连书名都想好了，叫《七情六欲》，但最后未写出来。"

可是，萧乾怕"谢格温所生大儿子萧驰闹事，他又不甘心吃哑巴亏，所以把情况都告诉了柳琴（文洁若，下同）"，萧乾希望柳琴把自己三次婚变写出来，"因为将来（百年后）谁是谁非，就说不清楚了"。

这是文洁若在萧乾 1999 年 2 月 11 日逝世后，7 月 25 日给我的信。

在此之前，她还寄了萧乾逝世之前、1998年 12 月 12 日在医院写给文洁若的一封信的影印本，全文如下：

洁若，感谢你，使我这游魂在 1954 年终于有了个家——而且是幸福稳定的家。同你在一起，我常觉得自己很不配。你一生那么纯洁，干净，忠诚，而我是个浪子。

谢谢你使我的灵魂自 1954 年就安顿下来。我有了真正的家。我的十卷集，一大半是在你的爱抚、支持下写成的。写得太少了，很惭愧。能这样，还不能不感激你。

文洁若还在这封信的背面写了密密麻麻的解读，主要为澄清过去加给萧乾的种种说法。全文如下：

1953年我初识他时，他不但被郭沫若说成是黑色的，政治上背了黑锅，私生活上也由于离了三次婚而背了黑锅。其实，他真是冤枉。1939年他确实辜负了王树藏，在医院中他写了《心债》。谢格温生了头胎儿子，是早产。她有充足的奶水，却怕影响体形，叫接生的王大夫替她打针，把奶停了。孩子喝普通牛奶不能消化。他在教书和写《大公报·社评》之余，还得骑自行车，满上海去找酸牛奶。而这位半种夫人却与大夫勾搭成奸。有点骨气的男人，谁能不离婚。至于梅韬，她与萧乾结婚前已做了绝育手术（她也离过两次婚）。她在1953年初斩钉截铁地告诉萧："我当年跟你结婚，是因为你是上海红得发紫的大记者！其实我从未爱过你。过去不爱，现在不爱，将来也不爱！"折腾了半年，终于在 1953 年 6 月离婚。

萧乾是一个倜傥风流、感情丰富的作家。除了初恋情人——大眼睛的潮州姑娘萧曙雯外，此后他还经历了好几段感情生活。

1979 年他经香港，还告诉我，他在当欧战记者时，也曾有过一位德籍女朋友，后来返国后，无疾而终。他曾送过我他在欧战当战地记者时的一帧照片：手握啤酒，形象英伟的他，果然风度翩翩。

他确曾有一位中英混血儿太太，名叫谢格温，是萧乾明媒正娶的第二位太太。

谢格温母亲是英国人，出生于上海豪门，于牛津大学毕业。萧乾与谢格温于 1946 年在上海结婚。

谢格温是著名翻译家和散文家陈西滢的秘书，萧乾在英国教书，与她邂逅。

萧乾旅英七载，曾先后交过两个英国女友，其后才是谢格温。谢格温陪萧乾返中国，在她的心目中，以为中国是林语堂笔下的小桥流水、花园洋楼的人间乐土，结果在战火烽烟蹂躏下，上海变成疮痍满目的城市，使她大失所望。

1948 年谢格温无法适应中国，撇下七个月大的孩子，只身返回伦敦。

文洁若还提到萧乾这位第二任太太，在医院养病期间，曾与医院的王院长"勾搭成奸"，这也是造成萧乾与谢格温仳离的导火线。

萧乾与文洁若 1984 年访英，还一起去探望年迈的谢格温，文洁若写道："见到了在伦敦舒适的小楼里安度晚年的谢格温。他们分手后，折腾了三十一年（1948 年 2 月至 1979 年 2 月），才过上和谐、安定的日子。倘若她像戴乃迭那样一直留在中国，后果不堪设想。"

戴乃迭是杨宪益夫人，澳洲人，"文革"时与杨宪益一起坐牢。

至于文洁若信中提到萧乾的第三任太太梅韬，原是翻译家。文洁若在《八十述怀》一文中，对萧乾这段婚姻，有以下的记叙：

> 萧乾与梅韬的婚姻是速成的，并没有很深、很牢靠的感情基础，萧乾只惦着有个家。而梅韬当时大概是把萧乾解放后的地位估计高了。在香港，她常见乔冠华、夏衍、许涤新等到家来拜访他。她觉得萧乾以后能飞黄腾达，她也可以做起舒服的官太太。可解放后，萧乾只是一般的文化干部，而且尚是怀疑对象。到了1950年，梅韬突然对萧乾变得冷淡粗暴起来，以前的温柔缠绵全飞到九霄云外。"土改"时，萧乾外出采访，曾在昏暗的油灯下给她写过万言长信，希望别再离婚。而此时梅是萧的第三个妻子，萧则是梅的第四个丈夫。

梅韬后来爱上一位日本人，主动提出与萧乾分手。

被辜负了的"小树叶"

萧乾在感情道路上起伏很大。他在《我这辈子》（自述）一文中写道：

> 1936年第一次结婚。王树藏是一位纯洁、朴实而忠厚的女性。我们本来相处得好。她婚后要去日本读书，我也支持她。但1938年在香港我遇上一位四川女性，卢雪妮。是我见异思迁，遗弃了王树藏。这是我一生的恨事。后来我去英七年，带着半中半英的谢格温（回国）。她生了我第一个孩子铁柱（现名萧驰）。由一个王医生接生，她与王有了关系，故在铁柱襁褓中，遗弃了他。我当时慌张无策。幸梅韬前来协助，后结为夫妻。梅当时以为解放后我会任要职，在港时还很好。抵京后知我并未如她所希望之高升，遂即冷淡，四出交际，终于分手。

萧乾提到的第一任妻子王树藏，也是他在其他文章中提到的"小树叶"。

这是一个秋天的童话，很快凋零，并不美丽。小树叶如被秋风剪下的一块树叶，飘落在萧乾因初恋失败而渴望感情甘霖的节眼上，他们相遇相识、因共同身世使然，很快便结婚了，并且一起南下，令萧乾这个孤儿开始有家的感觉。

初婚不久，那当儿小树叶刚考上西南联大，萧乾刚完成《梦之谷》小说，应聘到香港的《大公报》任职。

在香港期间，萧乾于工余时间，去一位瑞士籍的教授家教汉语，并向其学法语。他在这里认识教授的义女——卢雪妮，并铸下一段刻骨永志的感情。

漂亮而冰雪聪明的雪妮，多才多艺，除了擅弹钢琴，还有一副甜美的嗓子，兼且也爱好文学。

一个是色授魂与，一个是芳心大动，两人很快坠入爱河。据萧乾说，是雪妮主动向他开口求婚的，萧乾在此情此景下也横下了心肠，满口答应，并表示将与小树叶离婚，然后与她双宿双栖。

萧乾回到昆明，小树叶与杨振声、沈从文一起到车站迎接。萧乾在与小树叶的重逢夜，便迫不及待地提出分手的要求，这对小树叶的打击可想而知。但郎心如铁，即使在许多文友如杨振声、沈从文、巴金、杨刚的劝导下，萧乾也铁着心肠，不为所动。

小树叶最终口头上同意离婚。可是，小树叶待萧乾离开后好一阵子才拍了一张电报给他，电报写道"坚决不离"，这对雪妮恍如晴天霹雳，芳心苦碎。

萧乾只好带着一颗失望的心离开香港，应邀到英国伦敦大学东方学院任教，并兼任《大公报》驻英记者。

萧乾去国后，那颗心还遗在雪妮那里，每周均有电报联系，互诉衷情，后来欧战爆发，联系中断了。萧乾随盟军进入欧洲大陆，成为唯一的华人随军记者。

事后萧乾辗转听到雪妮已结婚的消息，令他伤心欲绝。

萧乾经过漫长感情的折磨，可以说心疲力倦。最终得到上天的眷顾，让他遇上文洁若。

但是，这段感情并不是一马平川，个中也有曲折的地方。

萧乾 1950 年结识文洁若时，文洁若刚从清华大学毕业，只有二十三岁的光景。梳着两条辫子，兼通日语、英语和俄语的文洁若，与萧乾相遇，大抵是互相倾慕对方的才气，很快便迸出爱情的火花。

文洁若到底是年轻而腼腆的姑娘，所谓人言可畏。她担心外人会以为她的出现，导致萧乾与梅韬离婚，因她比梅韬年轻多了。文洁若劝萧乾先找一个不认识梅韬的女子谈恋爱，便不存在"第三者"的问题。此后她主动暂时停止双方往来。

萧乾后来由友人介绍与一位叫小徐的女子认识，二人一见钟情。因小徐是共产党员，被领导劝止与萧乾来往。

1954 年春，萧乾与文洁若在没有障碍的情况下，决定结婚。那年 4 月 30 日下午，二十七岁的文洁若坐着一辆三轮车，四十四岁的萧乾踩着脚踏车在后跟着。

这是他们难忘的日子。一辆三轮车把文洁若从东四八条拉到萧乾的宿舍。从此，他们的名字便联结在一起。

可是好景不长，婚后刚过了三年缱绻绸缪的生活，1957 年萧乾便受到批判，被划为右派。

萧乾 1958 年被勒令下放监督劳动，上级对他说如果改造得好，十年八年也能回得来。萧乾为之绝望无告。年轻貌美的文洁若却对他说："下去就下去哩！别说十年八年，我等你一辈子！"

文洁若不仅把两人生的一子一女带大，并且把萧乾前妻生的孩子也包揽下来。1961 年萧乾终于被调回北京与家人团圆。

但是，噩运还在后头，1966 年，由于萧乾的复杂背景，很快便被批斗，这回连家也抄。文洁若的母亲由于不堪凌辱自缢身亡，她自己同样被批斗。后来两人双双被关进牛棚，之后又举家被下放到五七干校，强迫接受劳动改造，没完没了地写检讨书和悔过书。直到1979年才得以平反。

这对从荆棘丛淌着血活过来的苦命鸳鸯，恩爱非常，而且因磨难更激发了强旺的创作力。

端木蕻良情系香江

情系香港　骨灰撒维港

端木蕻良因"体力衰竭"，于 1996 年 10 月 6 日逝世。端木蕻良遗嘱，将遗体火化后，把部分骨灰运来香港，撒于海中。原因是 1940 年到 1942 年，端木蕻良"曾在香港工作，对香港有感情"。

端木蕻良遗言把骨灰撒在维多利亚海港，可见其对香港的深邃感情。我以为，端木之所以对香港特殊的感情，主要不在于他曾在香港工作过，那不过是短短三年光景而已，其主因是他在香港有一段刻骨铭心的情感。

端木与萧红是于 1938 年邂逅的。当年萧红与萧军仳离，一年后端木与萧红由西安回武汉时宣布结婚，迨至 1943 年萧红在香港逝世，端木与萧红结合达五年之久。五年之中，其中有三年是在香港度过的。端木与萧红双双南下香港，先住金巴利道诺士佛台，后迁入尖沙咀乐道八号二楼。端木这一期间为周鲸文编《时代批评》和《时代文学》杂志。其间他与萧红都曾替《星岛日报》写稿。

端木蕻良与萧红在香港期间曾发生感情纠葛，一说是端木曾喜欢某人的小姨太。1941 年 12 月 8 日，太平洋战争爆发，萧红染肺病，端木曾请骆宾基协助照拂，一度传说他自己拟只身跑返内地，但后来他回心转意，重返萧红的身旁，并把萧红送入养和医院医治。

骆宾基著《萧红小传》，曾暗指萧红在病重中，端木弃她而去，并质疑端木对萧红的感情。我曾就此事询及端木，他是断然否认的。他向我表示，一对夫妇天天吵架，不可能和他们的创作成正比，或者说，夫妇不和绝不是创作的动力。

对这个答案，我们且细心求证，排比一

下他们在香港三年期间的创作，也许有助于理解了。

与萧红客居香港 创作旺盛 著述丰富

先看萧红的著作。在这期间，萧红的著作有：《回忆鲁迅先生》（1939 年重庆出版）、《呼兰河传》（长篇小说，1940 年 12 月香港完稿，1942 年由桂林上海杂志公司出版），其他尚有《小城三月》《马伯乐》《旷野的呼喊》等等。《呼兰河传》更是萧红继小说《生死场》之后的另一部杰作，而且写作技巧更趋圆熟，茅盾为《呼兰河传》作序，咸认为小说"有讽刺，也有幽默。开始读时有轻松之感，然而愈读下去心头就会一点一点沉重起来，可是，仍然有美，即使这美有点病态，也仍然不能不使你眩惑……"。

我们回头看一看端木在这期间的著作：《科尔沁旗草原》（1939 年重庆出版），《风陵渡》《江南风景》《新都花絮》（均于 1940 年香港出版），《大时代》（《人间传奇》第五部，在香港

《时代文学》连载）。这期间出版的《科尔沁旗草原》，是端木的代表作，作品的数量和质量，也大大超越前一时期。

曾与萧红倾心相爱

周鲸文是端木与萧红在香港期间最迩密的人，他曾说过："两人的感情基本并不虚假，端木是文人气质，身体又弱，小时是母亲最小的儿子，养成了'娇'的习性……而萧红小时没得到母亲的爱，很年轻就跑出了家，她具有坚强的性格，而处处又需求支持和爱。这两性格凑在一起，都在有所需求，而彼此在动荡的时代，都得不到对方给予的满足。"（见刘以鬯《端木蕻良论》第 115 页）

柳亚子甚至说他们的结合是"文坛驰骋联双璧"，句曰：

> 谔谔曹郎莫万哗，温馨更爱女郎花。
> 文坛驰骋联双璧，病榻殷勤伺一茶。
> 长白山头期杀贼，黑龙江畔漫思家。

云扬风起非无日，玉体还应惜鬓华。

"曹郎"即指端木蕻良。柳亚子在"病榻"句下且有这样的注释："月中余再顾萧红女士于病榻，感其挚爱之情不能忘也"。

端木与萧红曾经倾心相爱过，却也不排除有过裂痕。

端木在萧红卧病期间，传说要跟骆宾基他们突围返内地，但他最后看到萧红病重，还是在病榻相伴，直到萧红逝世。1957 年，端木以丈夫的名义，委托中国作家协会广州分会，将原葬于香港浅水湾畔的萧红骨灰，运回广州安葬。

关于萧红的骨灰，骆宾基有一个说法，就是萧红在圣士提反临时"医疗站"逝世，被火化成骨灰，分移两地，大部分葬在浅水湾，一部分葬在圣士提反女校的秋千架下。对后一说，端木也曾提及，以至多年前日本汉学家池上贞子教授要我带她到圣士提反女校寻萧红的另一部分骨灰。可是，日月嬗变，这一部分骨灰已了无痕迹。

萧红的一生有四个男人，第一个感情不深，不足道哉，其余三个均是响当当的作家。她与萧军应是相处最久；最短暂的是骆宾基，只有四十二天。萧军于 1983 年 2 月从新加坡途经香港，我曾带他到浅水湾去凭吊萧红的遗迹（浅水湾早已变了游客区，其时已无迹可寻了），倒是端木蕻良一直想来香港，在我多方奔走下，于四五年前原有一个机会，结果他心血栓病不良于行而作罢。今他遗言把他的部分骨灰撒在香港海港，是为了实现未遂的愿望，还是要在另一时空重圆 20 世纪 40 年代的情缘？

赵清阁：让落叶埋葬梦一般的爱情

赵清阁的感情生活，因当事人守口如瓶，仿佛披着一层神秘的外衣，一直是个若隐若现的谜。

1982 年间，我曾以书信形式，向赵清阁探问道："可以简介一下您的感情与家庭生活吗？"

赵清阁答曰："一直是孑然一身，只有'文革'时患难与共的老保姆为伴。"赵清阁巧妙地避过对她的感情生活的答问，以后我再不敢造次了。

后来了解到，赵清阁晚年做伴的老保姆叫吴嫂，照拂她生活凡三十二年。

大抵因为赵清阁是以"第三者"出现，加上当时的政治环境，令她刻意回避与老舍相关的话题。在她晚年出版的五部回忆性质的文集里，笔下涉及几十位师友，怎地没有一篇是忆述老舍的。

据诗人牛汉说，赵清阁曾向他出示过一封老舍给她的信件，此后也曾向史承钧展示过多封老舍给她的信。但是，在她临终前已把以上的信件，连同过去老舍给她的近百封信全部销毁。

倒是在赵清阁生前编选的《中国现代著名作家书信集锦》中，收录了老舍在1949年新中国成立后给她的四封信，也是夹杂在其他名家的书信中，刻意不予张扬。

老舍这四封信写于红色年代，他与赵清阁分居北京与上海，四封信的内容，大都是闲话家常，老舍关切赵清阁的生活、身体和病情。

但从下面的一封信，也可以说明老舍与赵清阁情谊之深浓。

清弟：

快到你的寿日了：我祝你健康，快活！

许久无信，或系故意不写。我猜：也

许是为我那篇小文的缘故。我也猜得出，你愿我忘了此事，全心去服务。你总是为别人想，连通信的一点权益也愿牺牲。这就是你，自己甘于吃亏，绝不拖拉别人！我感谢你的深厚友谊！不管你吧，我到时候即写信给你，但不再乱说，你若以为这样作可以，就请也暇中写几行来，好吧？我忙极，腿又很坏。匆匆，祝

　　长寿！

　　　　　　　　　　　　　　　　　　舍

　　　　　　　　　　　1955 年 4 月 25 日

　　果来信，不必辩论什么，告诉我些工作上的事吧，我极盼知道！

　　从这封信可略窥，之前大抵老舍写了一篇两人相关的"小文"，赵清阁不愿再纠缠——更多是怕影响老舍的声誉，当时老舍在内地身兼多项要职，所以存心不给老舍回信。因而老舍有"你愿我忘了此事，全心去服务。你总是为别

人想，连通信的一点权益也愿牺牲"之句。

原是十分内敛的老舍，也不顾这许多了。老舍这封信还是为赵清阁祝寿而写的，倾满眷顾与关爱之情。

限于现实环境，赵清阁"自己甘于吃亏，绝不拖拉别人"，老舍在信中所以耿耿于怀的，是他希望能常常听到赵清阁的信息，并向她央求道"就请也暇中写几行来"。

事实上，赵清阁每届生日，老舍都千方百计设法赠送礼物给她，要么写信，要么写诗，衷心祝贺她。

其中最为人传诵的，是赵清阁 1960 年四十五周岁生辰，老舍特地重抄他 1942 年写于重庆的一首旧诗赠她：

> 杜鹃峰下杜鹃啼，
> 碧水东流月向西。
> 莫道花残春寂寞，
> 隔宵新笋与檐齐。

诗味隽永，蕴含对赵清阁勖勉的殷殷之情。

1961 年，赵清阁四十六岁生日，老舍题赠了一副对联给她：

清流笛韵微添醉，
翠阁花香勤著书。

过去许多文字都提到赵清阁生前把老舍的这副对联，悬挂在家里客厅中，但是，我于1982 年间往上海探访赵清阁，赵清阁家里的客厅除了挂有徐悲鸿和傅抱石送给她的画外，我并没有发现这对联。难道是心思缜密的赵清阁，恪于我这个香港访客，把这对联收藏起来？

凡了解赵清阁的人，都知道她对外绝不提与老舍间的感情关系，人言可畏，她怕损害老舍的形象。

我们从赵清阁早年公开的另一封信，可见她与老舍两人关系密切是有迹可循的：

清弟：

我已回京月余，因头仍发晕，故未写信。已服汤药十多剂，现改服丸药（自己配的，不是成药），头部略觉轻松。这几天又忙，外宾甚多，招待不清。

家璧来，带来茶叶，谢谢你。

昨见广平同志，她说你精神略好，只是仍很消瘦，她十分关切你，并言设法改进一切。我也告诉她，你非常感谢她的温情与友谊。

你的剧本怎样了？念念！

马上须去开会，不多写。

北京市文联已迁至：北京西长安街三号。

祝健！

舍

老舍在这封信告诉赵清阁自己的病况（也许赵清阁前信曾关心过），赵清阁还托赵家璧捎给老舍茶叶，老舍又从鲁迅夫人许广平处打听她的近况，进而她的创作。

从一句"马上须去开会，不多写"，可见老舍是在百忙中抽暇偷偷写信的。

信末写上新迁的北京市文联地址。

关于他们之间的亲密关系，最得其形迹的，倒是来自牛汉的忆述。

牛汉为编《新文学史料》找过赵清阁，希望她能写回忆录。牛汉在《我仍在苦苦跋涉：牛汉自述》一书中写道：

> 她在重庆时期和老舍在北碚公开同居，一起从事创作，共同署名。后来胡絜青得到消息，万里迢迢，辗转三个月到重庆拆散鸳鸯。
>
> 胡絜青路过汉中时，我在西北大学的同学何庚去看望他们母子几个人。我在1943 年、1944 年间知道这个故事。我和方殷到上海见到赵清阁，问她能不能写点回忆录，赵清阁向我展示老舍 1948 年从

美国写给她的一封信（原件）：我在马尼拉买好房子，为了重逢，我们到那儿定居吧。赵清阁一辈子没有结婚，她写的回忆录给"史料"（作者按：牛汉时为《新文学史料》主编）发过。这封信没有发。

我对老舍在马尼拉购房子有点不解，因那个年代，马尼拉并不是安居乐业的地方。据熟悉两人关系的史承钧教授说，赵清阁曾向他透露，老舍是要她去新加坡生活。

但是，我对牛汉倒是了解的。20世纪80年代因为要出版《现代中国作家选集文丛》香港繁体版，曾与他有过交往。

牛汉当时负责人民文学出版社的文学编辑室，经常见面，他倒是一个做学问严谨的人。他写的关于赵清阁与老舍关系的文字，应是可靠的。

可惜，赵清阁是一个外圆内方的人，刚强自重，以大局为重，没听从老舍的提议，最终把感情野马释放出去，反而受到周恩来辗转之托，写信劝客居美国四年的老舍返国，使这段波澜起伏、热火亢奋的感情急转直下。

返国后的老舍，因大环境使然，唯一的出路，只有面对现实，回归北京原来的家庭生活，至于近在上海的赵清阁已知道他们俩的感情历程，自此将画上句号了。

也许 20 世纪 40 年代在重庆的时候，赵清阁已预卜到这一段感情的结局了。

赵清阁在 1947 年写的短篇小说《落叶无限愁》，对他们俩这段感情的下场，已作了预告。

赵清阁在 1981 年 12 月写的一篇《〈落叶〉小析》中写道：

在这篇小说里，我塑造了两个我所熟稔的旧中国知识分子——女主人公画家和男主人公教授。他们曾经同舟共事于抗日战争的风雨乱世，因此建立了患难友谊，并渐渐产生了爱情。但在大敌当前，爱国救亡第一的年月，他们的恋爱只能是含蓄的，隐讳的。他们仿佛沉湎于空中楼阁，不敢面对现实，因为现实充满了荆棘。直至抗战胜利，和平降临了，画家才首先考虑到无法回避的现实；她知道了对方是有妇之夫而且是有了两个孩子的父亲；他们不可能结合，也不适宜再这样默默地爱下去；于是她毅然决然地远走高飞，逃遁现实；她以为这便结束了他们的诗一般、梦一般的爱情，尽管很痛苦！

不言而喻，小说的女主角——女画家是"画公仔画出肠了"，不是别人，正是赵清阁自己，赵清阁读过上海美专，闲来也画画；至于那一位教授——有妇之夫，有了两个孩子的父亲，指的无疑是老舍。

赵清阁在文章中谈到，这位教授曾购买了两张机票，准备与她海阔天空去旅行。但画家头脑很冷静，"与其将来大家痛苦，铸成悲剧，不如及早煞车，自己承担眼前的痛苦，成全他们的家庭"。

这篇小说，写的是一段刻骨铭心的婚外情，

小说的结尾，正如篇名一样，最后"落叶"埋葬了这一份"诗一般、梦一般的爱情"，余绪袅袅，令人低回不已。

赵清阁这篇小说，写于 1947 年。在此之前，即 1937 年到 1943 年的不到六年间，赵清阁与老舍在重庆相聚，前者主编《弹花》文艺期刊，后者为主要撰稿作者。

大时代把他们撮合一起。他们一块合作创作剧本，一起参加抗日文化活动，志趣一致，加上毗邻而居，终于擦出熊熊爱情火花，共同谱写一阕天上人间、扣人心弦的美乐。

迄到 1943 年的秋天，老舍夫人胡絜青风闻老舍有外遇的传言，决定携同三个孩子，举家辗转到了重庆与老舍一起。在残酷的现实面前，赵清阁只好毅然引退。

之后，她接受冰心的劝告，把全副心思放在写作上，包括改编《红楼梦》的话剧。

不管怎样，赵清阁在小说写成的三十多年后，那么费心力地去解读，岂不是向世人表白她彰彰的心迹吗？

此后她矢志"把爱和智慧献给艺术",也是她一直奉行的夙愿。

但是,情牵两地的坚韧之弦,任凭风吹雨打,从没有断裂过,即使藕断了,那一缕缕一丝丝仍然密密匝匝地苦苦地联系着。

据赵清阁的好友韩秀说,老舍 1966 年逝世后,赵清阁每天"晨昏一炷香,遥祭三十年"。闻者无不为之动容不已!

走笔至此,我不禁想起德国作家奥恩托说过一句话:"爱,不管多么遥远,它总是在那里。就像星光那样永远地遥远,却又是那么近。"

爱死美文美女的蔡其矫

家乡福建，当代文坛出现不少大家。诗歌和散文都优秀，小说是比较弱的一个环节。

散文、诗歌中，如早年的冰心，而后的蔡其矫、郭风、何为，乃至闻名海内外的当代诗人舒婷，都是广大文化天空一颗颗闪亮的星宿。

每个成功的人，在她（他）的生命中，肯定有一位在特定时间出现的伯乐。所谓千里马比比皆是，伯乐难求，舒婷这匹千里马，是由蔡其矫这位伯乐发现的。

舒婷的成名作是《致橡树》。

1977年3月之前，舒婷还未真正涉足文坛。某日她陪老师蔡其矫在厦门鼓浪屿散步。一生追求人间美好事物——包括美女的蔡其矫表示，在他的过去经历中，邂逅了不少漂亮女性，可惜大多数是头脑简单，缺乏才气；然而有才气的女性，样貌不一定娟好。既聪明兼且美丽的女性，不是没有，却失之泼辣和强悍，令人不敢造次。

对此一论点，舒婷大不为然，与之争论不休。她觉得天下男人都要求女人的外貌、智慧和性格的完美，这只是从男人的角度出发，以为自己有取舍受用，其实作为女性的角度，她们有"自己选择标准和更深切的期望"。

舒婷因此有感而发，返家一口气写了《橡树》这首成名作，并由蔡其矫转交艾青过目，获得肯定。后来被北岛发现了，把题目改为《致橡树》，发表在《今天》杂志上，备受好评。此后舒婷一跃而成为当代中国诗坛的一员大将。

我认识蔡其矫，是 1978 年夏天在北京史家胡同艾青的家。当时我是作为香港文化界代表团的一位成员，应廖承志的邀请而上京的（团长是蓝真）。其间曾跑去看望艾青。当时在艾青家里刚巧有一位身材魁梧的客人，艾青拉着我的手，说给我介绍一位福建老乡诗人。

我紧紧握着那双粗壮的大手，眼前赫然是心往神驰的诗人蔡其矫，读过他不少抒情诗篇，爱上他明丽而柔情的诗篇，想象中的他是一个翩翩风度而有点彬彬弱质的男子，真人却出乎意料的英伟。

蔡其矫是抒情的，特别从他不徐不疾的谈吐和优雅的举止中，那是属于蔡其矫式的。

蔡其矫是追求美、善的。他不讳言他爱死美诗美文美女。2005 年情人节，他在福建的诗歌朗诵会期间购买了九十九朵玫瑰花，当着闹市向经过的美丽少女，献上一枝玫瑰花和他的诗作《思念》。时年八十七岁。

读罢这则新闻，我不禁莞尔：这就是蔡其矫！如果你读到以下这两句诗，你就不会感到纳罕了："为了一次快乐的亲吻，／不惜跌得粉身碎骨。"

这是诗人的恣情，也是蔡其矫的恣情。据说，他曾因热恋一个将军的千金，差点陷至万劫不复的地步。

诗人对感情是不矫饰的，他的诗不光是激

情，还有沉淀后的明澈。我曾说过，蔡其矫的诗像一片云，投影在一碧清潭中。

蔡其矫的诗作中，有着云的轻舒和云的洒脱，行云流水，是对文气而言，在这里指的是"诗气"，是蔡其矫诗的风格。从以下的一首短诗，我们看到"云的纯洁"：

> 我看见一队少女在击浪扬波，
> 太阳照射她们如一群洁白的天鹅；
> 而风吹乱嫩绿的柳丝和她们的头发，
> 向每个心灵唱着青春的歌。
>
> ——《玄武湖上的春天》

在蔡其矫之前，我想象不到还有哪一个诗人，写过如许朝气可爱的、扬波击浪的少女——在明艳太阳照射下，恍如一群洁白无瑕的天鹅，那一匹为湖风搅乱的头发，柔软如"嫩绿的柳丝"……所有这些，在洋溢着春天胀满的乳汁，撩动人心。

下面且看另一片云的流响——

　　南方少女的柔情，在轻歌曼声中吐露，我看到她，独坐在黄昏后的楼上，散开一头刚洗过的黑发，让温柔的海风把它吹干，微微地垂下她湿的眼帘，发出一声低低的叹息。她的心是不是正飞过轻波，思念情人在海的远方？还是她的心尚未经热情燃烧，单纯得像月亮下她的白衣裳？当她抬起羞涩的眼凝视花丛，我想一定是浓郁的花香使她难过。

——《南曲（又一章）》

　　《南曲》是盛行于闽南的古老曲调。这种曲调本身就很委婉动听，诗人遄飞的联想力，从少女的弹唱中向人们展示很轻柔、很潇美的境界，如云在水中的流响，汩汩地流进人们的心间，使人进入不是抽象而是形象的音乐的境界。

　　诗如其人，现实中的蔡其矫也是"一片云"，他在我们头上悄悄飘逝，却在每一个人的心间划亮人间真情的火花。

爱人和爱美女的汪曾祺

汪曾祺被归类为京派作家，他的京味小说，肯定是先在台北冒出来的。

20世纪80年代，台湾主要文学杂志之一的《联合文学》，为他做了一个专辑。此后，美洲的华文报章如《中报》《华侨日报》，竞相转载他的文章。

汪曾祺的文名是属于"外销转内销"式的。早年他的文章，备受副刊主编王瑜的青睐，在美国纽约《华侨日报》刊载最多。

汪曾祺在国外扬了名后，国内评论界才真正注意起这位文体作家。

论者认为汪曾祺的小说人物生活态度恬然怡闲，与老庄的"无为"境界一致，相信汪曾祺受到庄子的影响较深。

汪曾祺年轻时读过《庄子》，但他自称影响他最深的是儒家思想。

汪曾祺曾说过，"儒家是爱人的"，他的作品也是充弥着爱心。虽然他文字简约、精练，但笔下的人物形象十分饱满，小说情节扣人心弦，很有兴味。这则是受到沈从文的影响的结果。

1939 年，汪曾祺曾就读昆明西南联合大学的中国文学系，教写作课的是沈从文。

汪曾祺的印象是，沈从文不擅辞令，讲课没有课本，也欠系统，但他经常训诫学生的一句话"要贴到人物来写"，汪曾祺听进去了，终生受用。

沈从文的意思是，作者的笔触，随时要和人物贴紧，切忌飘浮空泛。

我曾说过汪曾祺一生之中，与"四美"分不开，就是美文、美食、美酒、美女。前三美一般人都知之甚详，至于汪曾祺生命中的美女，相信知道的人并不多。

汪曾祺的第一个美女应是短篇小说《受戒》

中的女主角小英子。小英子与她的姊姊及娘，都是美人坯子："两个女儿，长得跟她娘像一个模子里脱出来的，眼睛长得尤其像，白眼珠鸭蛋青，黑眼珠棋子黑，定神时如清水，闪动时像星星。浑身上下，头是头，脚是脚，头发是滑滴滴的，衣服格挣挣的。——这里的风俗，十五六岁的姑娘就都梳上头了。这两个丫头，这一头的好头发！通红的发根，雪白的簪子！娘女三个去赶集，一集的人都朝她们望。"

这是《受戒》里的一段，之后作者单写小英子与小和尚明海惺惺相惜的感情。小英子活泼开朗，明海有才、画工好，都是十七八岁的年轻人，两人经常厮混在一起，并没有什么异样。

直到有一次，小英子挎着一篮子荸荠到来，"在柔软的田埂上留了一串脚印"。明海看"五个小小的趾头，脚掌平平的，脚跟细细的，脚弓部分缺了一块"，这一串美丽的脚印把小和尚搅乱了，一种从未有的感觉油然而生："他觉得心里痒痒的"。

文章最后写小英子与明海在情投意合下把

船划进芦花荡，戛然而止。

这是一对青春无悔的少年爱情故事，余韵袅袅。

汪曾祺笔下的小英子，像极了沈从文《边城》的翠翠，迷死了不少读者。很多人探询过汪曾祺，小英子的原型是否他的情人，汪曾祺总是支吾以对，留下一串谜团。汪曾祺在小说篇末注明"1980年8月12日，写四十三年的一个梦"。

据写《走近汪曾祺》的陈其昌考证，小英子的原型是汪曾祺早年在庵赵庄邂逅的一个农村姑娘大英子。

1938年汪曾祺与家人躲兵荒，继母难产了，诞下一个孩子，叫海珊。大英子及母亲是被找来照拂弟弟的。

大英子虽生在佃户家，但与汪曾祺常在一起："在婴儿海珊睡熟以后，汪曾祺、大英子和汪家人都可以在打谷场上乘凉；沐浴着夏夜的风，汪曾祺听大英子谈得多一点，大都是农事、自然现象和民间传说，但从一个充满青春气息的农村姑娘嘴里说出来的话，汪曾祺听起来比夏夜的风还要沁人心脾。"

据汪曾祺的家人说，大英子曾珍藏了汪曾祺少年时的一张照片，一直到晚年。汪曾祺的妹婿金家渝去北京探亲，曾把此事告诉了汪曾祺。汪曾祺表示到高邮要去看一看大英子。

还幸汪曾祺没有看到当下的大英子，不然，他如何把他笔下"眉眼明秀、性格开朗、身体姿态优美和健康"的小英子与已届耋期的大英子婆婆重叠？

汪曾祺遗下也许是一份遗憾美。因晚年未能如愿看到大英子，却给自己留下一方想象的空间，正如汪曾祺经常说的写文章，应该像作国画一样，"计白当黑"，让人有想象的余地。

汪曾祺写作之余，还善书法、绘画。他自称少年时开始刻印章，为的是"换酒钱"。后来钟情书画。

汪曾祺的画名，比起文名要早得多了，他在《自得其乐》文章写道："我画画，没有真正的师承。我父亲是个画家，画写意花卉，我小时爱看他画画，看他怎样布局（用指甲或笔杆的一头划几道印子），画花头，定枝梗，布叶，勾筋，收拾，题款，盖印这样，我对用墨、用水、用色，略有领会。我从小学到初中，都'以画名'。"

他的书画大都是率性而作的，以花鸟虫鱼为主，大都是小品，随意画几笔，所画多是"芳春"——对生活的喜悦，与他的文章一样，画面枝蔓很少，寥寥几笔，便已画龙点睛，用的就是"计白当黑"的构图法，卓然成家，大有"凌霄不附树，独立自凌霄"之概。

我与金庸

不是开玩笑，记得十多年前，早年做过金庸秘书凡八年的作家莫圆庄（笔名圆圆），从加拿大返港，某日上《明报》来找我。我与她在会客室打对面而坐，聊了片刻，她倏地对我说，她愈看愈觉得我的样子像金庸，她临走又很认真地重复了一遍。我庄容地说，金庸是侠之大者，身怀绝技，十八般武艺样样精妙，打遍天下无敌手，我正在偷师，希望学得一招半式用来防身。

提起我与金庸的关系，不知应从何说起。

近年来凡是有关金庸的大小新闻，甚至关于红白二事的传言，我都会接到海内外传媒的电话，不下数十起，要我发表意见。

特别是内地传媒，都把我冠以"金庸的秘

书""金庸的代言人""金庸的亲信"的名衔，对此，我不敢掠美。我为此发表过无数声明、澄清启事，甚至对每一位来访者和电话访问的传媒记者一再表白：我既不是"金庸的秘书"，也不是"金庸的代言人"，金庸是我的前辈，我顶多可以说是"金庸的小字辈朋友"。

金庸于我是亦师亦友的关系，是仰之弥高的崇碑，我只是他卑微的学生。但是言者谆谆，听者藐藐，我这两个身份，似乎已经被传媒大佬钦定、并给度身定造的铜头罩钳住，怎地是脱不掉、甩不了。

为此，我不得不在这里郑重其事地把我与金庸的关系公之于世，以厘清外间加之于这种关系厚重的迷雾。

我是 20 世纪 90 年代初进入《明报月刊》的。当初这一步踏进《明报月刊》的门槛，就跨越了两个世纪。究其实，我在《明月》拢共二十年，那是处于 20 世纪之末 21 世纪之初的交替时期，也是平面出版开始受到网络文化冲击的艰难之秋。

过去不少传媒朋友问我是怎么进入《明月》的，我说是受到金庸文化理念的感召。这是实话。

20世纪的某一天，金庸让董桥打电话给我。董桥说："查先生要见你。"我听罢有点意外，也有点兴奋。在此之前于《明报》副刊写了一个每天的专栏外，与查先生大都是在文化聚会上遇见。他是公众人物，我不过是文化界晚辈，大家只是点头之交而已。

且说我诚惶诚恐地跑到当年北角旧明报大厦查先生的办公室，查先生与董桥已坐在那里。查先生与我寒暄过后，让我坐下稍候片刻，他则移步到办公桌去伏案写东西。时间像墙上挂钟发出的滴答声，一秒一秒地过去，空气静寂得像凝结了。为了打破这闷局，我偶尔与董桥闲聊几句，都是不着边际的话题。

大抵过了约半句钟后，查先生从书桌起身向我走来，亲自递了一份刚誉写好、墨香扑鼻的聘书给我。接到聘书后，我很激动，也很冲动，只粗略浏览了聘书内容，便不假思索地签署了。当时我是某大出版社的编辑部主管和董事，事前未向原出版社提出辞呈。

这是我迄今接到的第一份手写聘书，而且出自大家之手，岂能不为之动容？

与前几任的主编不一样，查先生在聘书上写明，除要我当总编辑之外，还兼任总经理。这也许与我之前在美国纽约大学（NYU）念的出版管理学和杂志学有关。直到两年之后《明报》上市，《明报月刊》也不例外受到市场的冲击，我才幡然省悟查先生良苦的用心：他希望我在文化与市场之间取得平衡，可见他的高瞻远瞩。

第一天上班，例必向查先生报到，希望查先生就办《明报月刊》给我一点指示。令我感到意外的是，查先生说话不多。依稀记得，他只淡淡地说了一句："你瞧着办吧！"当我向他征询，除了之前他在《明报月刊·发刊词》揭橥的"独立、自由、宽容"办刊精神外，他在商业社会办一份亏蚀的文化性杂志有什么其他特殊原因吗？他回答得简洁："我是想替明报集团穿上一件名牌西装。"

换言之，办《明报月刊》的另一层意义，也是为明报集团打造一块文化品牌。后来他在另一个场合对我说，《明报》当初上市的股票，实质资产只有一幢北角明报大厦，每股港币一角，上市后第一天的股值跃升了二元九角。换言之，有二元八角是文化品牌的价值。他说，文化品牌是无形财产，往往比有形资产的价值还要大。

正因为查先生的睿智，经过多年经营，《明报》成为香港"公信力第一"的报纸，相信这也是《明报》无形的财产。

查先生在香港九七回归前，卖了明报集团。从经济利益而言，查先生是一个大赢家，但其真正得失若何，相信只有他最清楚。套罗孚先生的话，《明报》是查先生毕生的事业。查先生没能实现他最终的理想——找到一个如他所言的为他"真正度身定造的接班人"，相信是极大的遗憾。明报集团其后的发展是可预料的。

没有查先生主持大局的明报集团，市面上频频传出对明报集团不利的消息，加上经营失利，阵脚不稳，明报集团很快被震散，差点成为孤儿。还幸马来西亚的殷商张晓卿先生见义勇为，接手了这一烂摊子，经过好几年刻苦经营，使她重入轨道。当然经营环境已大不如前了。

查先生卖了《明报》，也曾想过另起炉灶，做一番文化事业。首先他想办一份类似历史文化的杂志，他准备写长篇历史小说，并在这份新杂志连载。于是他找我过档到他自己经营的明河出版社集团有限公司，为他策划新文化杂志和管理出版社。须知明报集团卧虎藏龙、人才济济，他单挑了我，令我不禁受宠若惊。为此，我们曾在他位于北角嘉华国际中心的办公室把酒聊天过好几次。每一次聊天，查先生运筹帷幄，兴致很高，他从一个隐蔽的酒柜取出瓶威士忌来，亲自给我斟酒，然后自己斟小半杯，都不加冰，是纯饮式的。

查先生的约晤，大都安排在黄昏时段。他往往先让秘书打电话来，表示我如得空，让我过去他的办公室聊聊。我从柴湾的明报大厦到他办公室所在的北角，也不过是十分钟的车程。

查先生的办公室，更像一个偌大的书房，估量也有近二百平方米，两边是从墙脚到天花板排列整齐的一行行书柜；其余的尽是大幅的落地玻璃。从玻璃幕墙透视，一色的海天景观，可以俯览维多利亚港和偶尔划过的点点羽白色的帆船和渡轮。

那当儿，我们各握一杯酒，晃荡着杯内金色的液体，酒气氤氲。彼时彼刻，我喜欢拿目光眺望玻璃幕墙外呈半弧形的一百八十度海景，只见蔚蓝的海水在一抹斜阳下，浮泛着一条条蛇形的金光，粼粼地向我们奔来……心中充盈阳光和憧憬。我们在馥郁酒香中不经意地进入话题。在浮一大白后，平时拙于辞令的我们俩，无形中解除了拘牵。他操他的海宁普通话，我讲我的闽南国语，南腔北调混在一起，彼此竟然沟通无间，一旦话题敞开，天南地北，逸兴遄飞。

那时的《明报》还是于品海时代，《明报月刊》处于十分尴尬的局面，我毅然辞去《明月》职务，准备追随查大侠干一番文化事业。当时查先生与我签了五年合约，可惜在我入明河社前夕，查先生入了医院，动了一次心脏接驳大手术。这次手术不是很顺利，他在医院住了大半年。我当时只带一位秘书过去。查先生因身体状况大不如前，他的历史小说并没有写出来，对原来宏图大计也意兴阑珊，我只能做一点文书工作，因给合约绾住，令我进退维谷。

张晓卿先生后来买了《明报》，我在明河社无所事事地待了一年后，1996年重返《明报》，接手明报出版社工作。有一段时间，《明月》的业务陷于低潮，当时明报集团的执行董事找我，迫切地希望我能兼任《明报月刊》，我一时推搪不了，这样一兼就十三年！

《明报月刊》是金庸亲手创办的，第一任主编也是他。《明月》没有带给他任何有形的财产。有的，也是文化的价值——无形的财产。到了今天，还有人质疑她存在的价值。但是金庸对她却情有独钟。当我返回《明月》当主编后，几乎他晚年所撰写的文章，他都让《明月》独家披载。

世纪之交，我策划了一次香港作家联会与北京大学举办的"2000年北京金庸小说国际研讨会"，金庸在北京研讨会一次活动的休憩间隙，蓦然讪讪地对我说：潘先生，谢谢你替我做了许多事，你离开出版社（明河社）的事，当时处理很不当，你受了委屈，为此，我表示歉意。

与金庸相交多年，他虽然文采风流，却不善辞令，以上迸出的几句话，相信是肺腑之言。

金庸主政明报集团，除了开会偶然讲话外，平时大都是用写字条的方式来传递他的指令。与他聊天，他用很浓重的海宁腔与你交谈，很多人都不得其要领。

即使这样，金庸的"明报企业王国"，却是管理有度、应付裕如的，令人刮目相看。他奉行的是"用人不疑，疑人不用"的管理原则。他深谙用人唯贤、人尽其用的道理。一旦找到他所器重的人，便委以重任，放手让其发挥，一般不过问具体事务。所以明报集团旗下，凝聚了不少有识之士。

"金庸的字条管理"是明报企业一大特色。金庸的字条，都是浅白易懂、言简意赅的，好比后来所有《明报》的管理层所奉行的"五字真言"和"二十四字诀"，可视作办刊物的秘诀。

《明报》评核一篇副刊文章之好坏，金庸定下了"五字真言""短、趣、近、快、图"的标准，为此，金庸亲自作进一步阐释——

短：文字应短，简洁，不宜引经据典，不尚咬文嚼字；

趣：新奇有趣，轻松活泼；

近：时间之近，接近新闻。三十年前亦可用，三十年后亦可用者不欢迎。空间之近，地域上接近香港，文化上接近中国读者；

快：金庸初提"快"字，后改用"物"字，即言之有物，讲述一段故事，一件事物，令人读之有所得。大得小得，均无不可；一无所得，未免差劲；

图：图片、照片、漫画均图也，文字生动，有戏剧舞台感，亦广义之图。

选稿的标准，以二十四个字为依据：

新奇有趣首选

事实胜于雄辩

不喜长吁短叹

自吹吹人投篮

以上用稿标准，虽然他原先是针对《明报》副刊而言的，但是已成为明报编辑选稿的标准了。

金庸自己对文字的东西，从来都是一丝不苟的。记得，我开始编《明月》时，收过他两三次字条，大抵是他翻阅《明月》时，发现哪一篇文章有误，诸如题目不达意、哪一页有若干异体字、哪一处标点符号不当……

每当收到金庸字条，编辑部的同事都格外紧张。所以在校稿时特别用心。迄今，《明月》每篇文章，要求有五个校次，尽量做到少出错，甚至零错字。这都是金庸择善固执的优良传统。

金庸的博识，与他喜欢阅读有关。陪金庸出游，他每到机场，往往趁余暇的时间，要我陪他去逛机场书店。1995年初春，他接受日本创价大学颁授荣誉博士衔头，来回程经东京机场，他都乘空寻隙去逛书店。他除了精通英文外，还谙懂日文、法文，他在机场书店一站就大半句钟，拣到一本好书，如狩猎者猎到猎物，喜上眉梢。

除了办公室书多，金庸在山边的复式寓所，上层近三百平方米，其三面墙都做了书架，触目是琳琅满目的书海，置身其间，大有"丈夫拥书万卷，何假南面百城"之豪情胜慨！

金庸的成功是多方面的，这与他的博览群书、渊博的学问、广阔的襟怀和独特的眼光等诸因素都有关系。

集成功的报人、成功的作家、成功的企业家于一身的金庸，相信在海内外都是空前的，在这个商品味愈来愈浓重的社会，恐怕也很可能是绝后的。

其实，金庸不光是我工作的上司、老板、忘年交，也是我从之获益良多的老师！

怀念保罗·安格尔

言笑晏晏如昨

1991 年 3 月 26 日凌晨一时许，接到戴天兄的电话：保罗·安格尔先生逝世了！

有谁会相信，八天之前，在去马尔代夫度假的前夕，曾与华苓、与他通过电话。

我回程途经斯里兰卡，还特地为他购了一个富斯里兰卡色彩的面具，因为他是面具的收藏者。

那天电话的另一端发出的豪朗的笑声，仍萦绕在耳。

他说，他的身体比任何时候都要好。

他说，12 月他要偕华苓来港，因为华苓要担任香港市政局主办的"中文文学周"的评判。

他说，他喜欢香港的海港，他仍怀念着鲤鱼门的海鲜。

我说，您来吧，我请您与华苓到鲤鱼门吃海鲜。

……

言笑晏晏的您，正准备束装到德国波恩与大女儿薇薇一家度假，然后，还有东欧数国的壮游的计划。

八十三岁的你，还是那么活脱、乐观、自信。

在放下电话的当儿，脑海闪现了您曾经说过的一段话：

> 我对过去，从不留恋。我感到现在非常有趣。我觉得未来才是最迷人的。我总是向前看，我总是属于那种什么事都想干的人。

一个永远向前看的人，是一个充满活力的人。

中国有一句话，叫老树开花——真的，我还痴痴地想，也许有一天，您还会创造出什么奇迹来——像您创立的"写作坊"（全美国第一个以写作获取学位的课程）和与聂华苓创办的"国际写作计划"一样的轰轰烈烈。

黄昏的雕像

1983 年夏，聂华苓到中国讲学，刚巧爱荷华大学放暑假。

聂华苓要我从五月花公寓搬入"安寓"，与您做伴。

整整三个月，我们一应的起居饮食，甚至做家务，几乎是形影不离。

早起，我们一起磨咖啡豆，然后以一个土制的金属咖啡器煮咖啡——这种器具我过去见所未见。共分三层，一层放咖啡粉、一层是扁形的漏斗、底层放沸水，然后放在电炉上慢火煮，在呼噜呼噜的水声中，一股浓烈的香气溢飘四周。

您每早起码要喝三四个水杯的馥郁的咖啡，

而且是"纯吃咖啡式"的，不吃面包。

您一边喝咖啡，一边浏览当天的报章。我则到楼下去看书或温习功课。

中午，只需给您一块火鸡肉（预早烤好，一只火鸡可以吃一个星期），和一碟蔬菜沙律。

下午是您复信——为"国际写作计划"筹募基金、给来自世界各地的作家回信，有时候您还写诗。

黄昏是劳务——砍柴（以备冬天壁炉之用）、剪草、清理泳池（用一只长柄的网兜，捞起掉进泳池的树叶）。

您赤着上身，下身穿着一条专门干粗活用的工人裤，油渍斑斑，在落日的剪影中，凝结成一组力与健的雕像——想想雕像的人物，是一个年逾古稀的人，我每每都会动起感情来。

每天的功课

黄昏的爱荷华，是柔静的，绚美的，也是生气勃勃的。

黄昏的风是温和的。婆娑的山毛榉、橡树，

窸窸如细语哝哝。

落日的霞彩，飘进后园、厅房。

我们隔着餐桌，一边用餐，一边闲赏餐桌恒对着的后花园的动静。

后花园远处连接一小片树林，从里边经常蹿出一些动物——您兴致勃勃指点给我看，那一种是浣熊、那是箭猪、小鹿或野兔，还有曳着长尾巴的山鸡。

至于鸟只就更品类繁多了。您也能如数家珍似的，一一叫出它们的名字。

您天真地大笑道，它们都是您的朋友。

早、晚两顿以面包屑喂鸟，更是您每天的功课。

我们几乎是每天最多隔天就开着小车，到爱荷华市相熟的面包店去收集隔夜面包。

面包店的老板把隔夜面包置放在纸皮箱内。每当您的车子出现，他们便把盛着面包的纸皮果箱抬出来，放在您车尾箱内。

看到您，他们都亲昵地喊道：

"嗨，保罗！"

您在镇内是一个了不起的和很受欢迎的人。

饭后，我们手上各执着一杯酒，一般是雪利酒，——聂华苓临走曾叮嘱我要严密监视您不让您喝烈酒。您却偏嗜爱威士忌加冰。偶尔您嘴馋偷喝时给我碰到，您便像小孩子要求大人原谅一样，要我保密，还向我扮个有趣的鬼脸。

安寓夜话

（与保罗·安格尔相处，最令人难忘是黄昏后的一杯酒、一席话。）

晚饭后，呷了几口酒，您红光满脸，一桩桩新的、旧的话题便从您坚毅的嘴唇边流泻出来，如巉岩上的悬瀑，倾流如注。

在这个时候，我是一个安分的听众。

您说到童年，便幽默地说，您是由爱荷华的玉米喂大的（爱荷华的玉米主要是禽畜的饲料，大多用以喂猪）。

您的童年是贫困的，也是快乐的。

您当过报贩、杂货店小工、做过司机。

您出身一个代代务农的家庭。如福克纳自称"农夫"一样，您称自己是"劳动的儿子"，然后便把那一双坚实起茧的手掌摊开给我看，正如何达在诗中所说：

　　他的掌心深深地陷下，像一个盆地。

　　盆地的四周，是隆起的高山。

　　他的五个手指，骨节嶙峋，四向伸开犹如五条山脉。

何达认为您的手，是米开朗基罗的：健壮、洋溢着旺盛的生命力。

我想，现代的雕塑家应该以您的手入题材。

您说，您喜欢马匹。因您的父亲是替人养马的，您甚至可以同时以左、右手驾驭两辆马车。

您是在马群中长大的，因为您的父亲是靠养马来维持家计的。

马是耐劳、奔腾不羁的。您常常以马况喻自己，宛如您奔腾不息的生命。

哲人与儿童的混合体

不知道是谁说的，大诗人都是哲人与儿童的混合体。

"哲人"是思想的深度。

"儿童"是情感的赤子之心。

您的言论、您的诗作，有着深刻的人民性。

您是属于土地的、劳动的一群的。

在您的性格中，有着童真的成分。您崇尚大自然，热爱小动物，喜与儿童为伍。

您的《美国儿童》诗集，充弥着童年的梦痕。

甚至在日常生活中，处处表现出童稚率真的心灵。

有时，您在后花园发现一只斑鸠什么的，您会大叫大嚷，非要把安寓里的人都嚷出来共同观赏不可！

有一天深夜，我在厨房喝水，灯火昏蒙中，倏地有一个赤条条的大男子晃入来，他发现了我，掉头一个箭步奔入房，我为之大吃一惊。

不久，传来华苓的咯咯大笑。我才知道来者不是别人，正是您。

晚饭后，您喜欢聊天。有一次，晚饭后蓦地见不到您的踪影，后来才在您的睡房中发现您躺在床上，纹丝不动，我在心里打个突，挨近一看，一股酒气扑鼻而来。

于是，我才知道是怎样的一回事。

翌天，您若无其事地对我说，昨晚太累了，所以提早上了床了。

这件事是发生在华苓赴中国访问的期间。

因为心脏不大好，华苓是严禁您喝烈酒的，更担心您醉酒。

后来听说在华苓的面前，您一概改喝啤酒。

脖上的"炸弹"

安寓夜谈，您谈到最多的，重复多遍的，是您与华苓的恋爱史。

凡是诗人，对于爱情都是再敏感不过。

您说，您第一眼瞥见聂华苓，便钟情于她的风采：娇娆而略带忧郁，而且在第一时间便立定决心，要娶她为妻。

您说，爱情是微妙的东西，当它来了，你就要攫住它，不要让它轻轻地溜走。

这段异国婚姻，使您的事业、生活发生了极大的变化。

华苓不仅是您事业上有力的助手，而且是您生活上的保姆。

名闻遐迩的爱荷华"国际写作计划"，是聂华苓在1965年提出来、并获得您的支持而创办的，后来又在您俩的协作、努力下发展壮大。

至于您日常的生活，更由聂华苓安排得妥妥帖帖。

您俩亲爱无间，"像你的手属于你的手臂"。

在《献给聂华苓》一诗中，您写道：

你教我从水中取木。

你把一切神奇的爱的真相指点给我：

鹰在高空的劲风中翱翔，一动不动。

爱是开向许多门的一扇门。

爱能把一块岩石化为一颗心，

我的赤手能感到它在光地上跳动。

爱情是炽烈，也是凝重的，您说：

因为在长江与黄河之间，

你把中国的心指给了我。

要举出世界文坛情侣，可与您俩夫妇的恩爱作媲美，我所能提出的是马克·吐温和他的妻子李薇·兰顿。

马克·吐温一生钟情于李薇·兰顿，他曾告诉朋友：

"我结婚之后，她编辑我写的所有东西。尤有进者——她不仅编辑我的作品——她还编辑我！"

马克·吐温把李薇奉为女性完美的精髓。

您之崇拜聂华苓，一如马克·吐温之于李薇。您自称您的脖子上"有一颗定时炸弹"，一旦看不到聂华苓，这颗炸弹便会爆炸。

以死相许的异国缘

您对中国的认识，是从中国妇女，首先是

您的中国籍妻子聂华苓开始的。在《想到我会死在中国》的诗中，您动感情地写道：

> 在那迷蒙和苦恼的时刻，
> 我想：中国啊，您把我的
> 美丽妻子给了我，我在暮年
> 只好把可怜的骨头给你。

以死相许一个属于他的妻子的异国，这一份感情有多深沉？

您说，中国妇女的意志"像地下黑岩一样深沉"。

您甚至把中国比喻作"一个女人"：

> 像广州的太阳一样热烈
> 像天空一样不朽。

为了聂华苓，您多次到台湾；也是为了陪同聂华苓，您两度赴大陆访问。

您的《中国的印象》，是访问中国大陆后

写的。

聂华苓说，这是一本关于姻缘的书：

> 如果不是因为一个具有强烈美国性格
> 的男人和一个具有强烈中国性格的女人结
> 了婚，我们就不会一同到中国来，也就不
> 会有这本书。

这是中国缘。

在踏足满目疮痍的神州，您在为苦难的人民发出慨叹之余，对于中国的明天，充满了乐观的期待。

您用"世上最伟大的植物"——竹子的性格，譬喻中国的节操：

> 柔软又坚强，你什么都干，
> 就是不会走路、说话和抱怨。
> 你的节操就是中国——优美、
> 坚强，像明天一样青翠。

永活的精神

艾特略的长诗《荒原》的头一句是：

"四月是最残酷的月份。"

您的逝世，尽管离四月还有六天的时间，可是对于您的亲人，遍布世界各地的朋友来说，是铁一般的冷酷的事实：无形的伤感，如一张巨大的网，怎地挣不脱。

但，对于您自己，却是"死得其时"的（尼采语）。

您遽离在无忧无虑无痛无病之中，连死亡前的一声呻吟也没有。

您生前钟爱于马匹，马是一往无前的，而您是在行旅中离去的，却不失那一道闪光。

您当年踏足妩媚的西湖，曾想到死，一个爱荷华人，在那里想到结束您的"幸福和痛苦日子"。

您想到死，因为脑海涌现中国作家在"文革"所受到的种种苛待，您为此而难过得要死。

您没有死，因为您相信中国还将活下去。

没有死在中国的您，最终死在离爱荷华玉米田不远的芝加哥。

当然，您将长眠于生于斯、长于斯、老于斯的爱荷华。

华苓在电话中说，您的葬礼很简单，但很美!

这是符合您的性格，因为您从来是反对伪饰的。正如另一位诗人雨果所说的:

"虚伪与我势不两立;我信我所言，我行我所信。"

这是雨果式的精神，将是永活的。

我所认识的聂华苓

一个人吊在那里，上不着天，下不着地，四面是黑压压的山，下面是轰轰的水。你和这个世界没有任何关系了。你从开天辟地就吊在那儿的。你就会问自己：我到底在哪儿？我到底是什么人？这儿还有别的人吗？你要找肯定的答案，就是为了那个去死你也甘心的。

以上的一段文字，是出自一个"在抗战时期长大的流亡学生"的口中，之后是逃避内战，然后到了台湾，在"戡乱时期"人人自危下，逃避查户口，最后奔走美国，逃避美国移民局无孔不入的追捕……

柏杨说，中国是一个逃跑的民族。

逃跑是 20 世纪中国知识分子的宿命。

这就是聂华苓代表作《桑青与桃红》的写照。一个女学生，人格分裂成为两面，一面是现实的，一面是虚幻的，有时现实，有时虚幻，互相交错。

那一天，尉天骢在浸会大学讲座上说，桑青就是聂华苓，桃红就是聂华苓的幻想。

聂华苓当堂否认了。以尉天骢对聂华苓本人及其作品的认识，应该不会太离题，也许是说得太实在了。到底这是一本小说，有社会背景、历史背景，也肯定有作者的影子，当然也有创作上的虚构。

有一点是真实的，聂华苓那一代人是无根、漂泊的一代——逃亡是唯一的出路。

一个自我流亡的作家，她与故国唯一相连的血肉脐带是母语——中文。聂华苓未出国前用母语写了七本书，去国四十五年，她出版的二十四本著作也是用中文写的。

聂华苓说，她在爱荷华四十五年，作为一个作家，一直用母语写作，是非常孤独的、寂寞的，"我的笔从没停止，母语就是我的根，是支持我漂泊的动力"（《明报月刊》2009 年 11 月号）。

聂华苓并没有在寂寞与孤独中老去，除了写作外，她与夫婿保罗·安格尔共同主办的"爱荷华写作计划"，每年汇聚中外三十多位作家，进行文学交流。特别为华文作家开了一扇文学窗子，使华文作家接触更多的西方文学，也把华文文学通过这个窗口带到西方。他们这种开创性的举措，一直影响着华文写作界和华文文学创作。

陈思和说，"聂华苓一生都与中华民族的苦难与政治斗争联系在一起，但她成功地实现了超越"，她与保罗"建立起文学乌托邦的理想主义，沟通了华文作家与世界的交流途径。这也是一种超越，超越了华文与世界的界限。我想，聂华苓的超越也许真正代表了世界华文的精神，成为世界华文文学的领空上一面高高飘扬的旗帜"。

陈思和说得很对。

今年是聂华苓的丰收年，8月她获得马来西亚花踪华文文学奖，并在台湾获得马英九授予勋章；本月10日，她获得香港浸会大学荣誉博士。

八十四高龄的聂华苓姗姗来了，步履是轻盈的，脸庞上永远绽着粲然的笑容，伴着是她响亮的笑声。我在浸大的讲座上说，华苓大姐在秋天制造了春天，在秋天季节，她把春天的气息带来了香港，也带来了浸大，令我们如沐春风。

聂华苓获浸会大学颁授荣誉博士。浸大特地为她举行两场座谈会。

第一场的主题是"华人作家与世界文坛"。讲者都是参加过"爱荷华国际写作计划"的，除了聂华苓之外，还有来自台湾的尉天骢，香港的古兆申和我。

我认识聂华苓是1978年，聂华苓一家——夫婿保罗·安格尔、女儿薇薇、蓝蓝，应中国作家协会邀请赴内地参观访问，途次香港，我第一次瞻到她的风采。

那次见面后我写了以下的文字：

> 聂华苓是一阵风，不挟尘沙。/ 聂华苓来了，仿佛一股爽利的气流，予人清鲜的感觉。/ 有人说：青春不是人生的一个阶段。青春是一个人的心理状态，意志的气质，想象的能力，情感的活力，从生活潜流中涌发的一种清新的感觉。/ 聂华苓是青春的。/ 在她的《梦谷集》里，她的朋友认为她的笑声，在秋天里另外制造了一个春天。/ 夏易说，她的笑声透亮透亮的，没有一点渣滓。/ 笑，如摇晃在春风里的红花，很有韵致。

我是在笑声中认识聂华苓的。她在阔别故国三十年后，第一次踏足中国的大地。她一家人风风火火地赴刚开放的中国，热切地关心中国的作家。与她甫见面，谈起内地的文化界，她的眉毛一扬，精神为之一振，她谈到夏衍、冰心，谈到艾青、姚雪垠，谈到许许多多，谈到广东的作家，如秦牧、欧阳山等等。是的，她关心这些作家的命运和创作，她是作家最可靠的朋友。

三十年了，三十年的别离、三十年的思绪、三十年的人事，对一个作家来说，多平静的心湖，也会泛起阵阵的涟漪，掀起波澜的情思。

作家温馨的家园

聂华苓是重感情的，尤其是对曾生活过的家乡故国的感情，都很执着和深沉，别看她嫁的是美国人，她自己都一直保持很中国的作风。

她在美国爱荷华的家里，喜欢穿中国旗袍，爱听《昭君出塞》，爱喝中国老酒；在香港，她穿的大都是中国抽纱，喝着高粱和茅台，讲的是地道的普通话，没有夹杂一句半句洋文，如果不是跟高大的保罗·安格尔在一起，人们断估量不到她是去国多年异乡客。

聂华苓一家从内地返美后，写了《三十年后》，在我当编辑的《海洋文艺》连载，后来收入《海洋文艺丛书》出版。《三十年后》写的是作者身边事——在一个既熟悉又陌生，既亲切又疏远的家乡的所见所闻。这些见闻本都是极寻常的题材，但是，再平庸的人和手，经作者灵慧的眼光透视，就像着了魔似的，变得晶莹剔透。例如写火车从深圳向广州出发了，对沿途景物的描叙只用七十多个字，但已活灵活现了：

> 小雨。薄雾。青青的田畦。河里有条小船；船上的人在钓鱼。一望无际的平原；淡淡的远山；三两农夫骑在水牛上，人很小，牛也很小——是中国的山水画，也是山水画的中国。

这段白描很精练，检不出一个赘余的字。看似略带过的闲笔，其实是要勾出一个有着山水画风味的中国——这也是她过去印记中的传统的中国，她意识到她真的是回到中国了，所以第二段就"成功地突入一瞬的真实"：

　　我回到中国了，真的回到中国了。眼泪要流出来了，只好望窗外；许多农夫在田里工作，许多骑自行车的人沿着水渠骑去，也许是到工厂去，也许是去修建未完成的水渠。

　　从静远的传统的中国，到现实的活跃的中国，文字的铺展是那么自然而飞腾的。它们之间的转折就很出人意表了！

　　聂华苓一家在开放后赴中国参观访问，写了《三十年后》。这本书很少人提及，但文字简约、优美，笔下蕴藏着的感情，纯真而富张力，令人很回味。

　　有些事物，在很多人眼里，都是再平庸不过的，但一经作者的点化，便勃然生色，令人顿生联翩的遐想。例如军号，当作者第一次听到军号，竟情难自已，激起联翩的浮想，使人憬然而觉着它不寻常的意义来了：

　　　回到中国的第一个早上。在广州东方

宾馆。

早上一醒来就很快活——也不知道为什么。大概小孩子醒来就是那样子。但我已老大到半白了！

突然，军号吹起来了，不知打哪儿吹来：两短一长，一长两短——那就是军号，中国的军号，一点也不错！中国的军号！很简单的调子，一声声，是命令，也是召唤，叫人想起战乱，想起流亡，想起敌人，想起难友，想起求生的挣扎，想起胜利的激情。

作家是一个经历过不同时代的人，因此感触也格外深沉绵长，这在她过去的著作《失去的金铃子》《桑青与桃红》也可以找到脚注。

从这段文字里还可以察觉，作家虽然饱经沧桑，仍难掩那特有的纯真的情感。

这是可贵的童真。

她在中国第一个早上醒来就感到小孩般的快活。

这仿佛是难以想象的，其实这种特有的气质，在过去的文学家中也是有例可援的。套秦牧的一句话就是"哲人和小孩的混合体"。

我们在《三十年后》，处处可以看到这种闪烁着童真的鲜明的色彩。

以下又录一段：

> 印澄师带我们去看他住的地方。他住在归元寺角上一个小院子里，走到院墙边，一阵花香扑来。一走进院子，满院鲜花！绣球花，仙人掌，菊花，还有栀子花！就是我母亲年轻时候插在她衣襟上那种清香的栀子花！我叫了起来："栀子花！栀子花！好多年没有看见栀子花了！"

聂华苓见到栀子花时猝然地一叫，就有一种童真的冲动。她这种冲动，并没有使读者感到突兀，因为她联想到"母亲年轻时候插在她衣襟上那种清香的栀子花"。远去的事物，倏忽清明起来，使她惊喜参半！

作家服膺纪德对文艺的观点：准确的意象，语言的生动。

纪德的小说及其他样式的文章，都有一种特异的力量，他能够使一帧自然的景物，变得很亲切，使读者能够从那种明亮郁郁的意象中，感到一种狂喜和不可言传的迷人的战栗。

《三十年后》的成功，还在于作者描写的乡情、亲情。一经聂华苓的点睛，恍如一道清澈的清流，汩汩地流入读者的心间，泛起涟漪。

《三十年后》一部分为作者在北京期间的活动见闻和感受。其中不少是与文艺界交往的实录，特别是对中国文艺家在"四害"横行时所受迫害的记叙，在客观的缕述外，于适当的时候也加入点睛式的议论，这里面有同情、感叹，也有惋惜，也是十分动人的一部分。

聂华苓对中国的作家，表现了殷殷的关切之情。

她曾向我表示，她最关心的还是人。此后她还把这些"出土作家"一个个地邀请到美国爱荷华"国际写作计划"去!

遥远的亲人

聂华苓是一个十分开阔的人，所以她的作家朋友遍天下。作家丁玲、茹志鹃等等，也受到她的邀请参加爱荷华"国际写作计划"，后来都成了她的好朋友。

她深深知道，文学到底是超越政治、地域的。这正是她与夫婿保罗·安格尔创办爱荷华"国际写作计划"所取得的成功和凝聚力所在。

聂华苓对同文同种的华人作家特别眷顾。她继夫婿保罗·安格尔接任"写作计划"后，每年都邀请海峡两岸暨香港、澳门的作家来这里。因他们的努力，20世纪70年代末以后，海峡两岸暨香港、澳门的作家，得以在美丽的爱荷华河畔相聚。

1979年秋，我曾与萧滋先生接待了途经香港的中国开放后第一批出国作家，他们是萧乾和毕朔望。他们是受邀参加爱荷华"国际写作计划"。这是中国首次派作家参加这项文艺活动，引起举世瞩目。

与此同时，主办者聂华苓还举行了一个"中国周末"（由9月15日到17日共三天），主题是讨论"中国文学创作的前途"，出席者除了萧乾、毕朔望、聂华苓外，还有安格尔、周策纵、许芥昱、叶维廉、陈若曦、李怡、高准（台湾诗人）、于梨华、欧阳子、戴天、许达然、郑愁予、秦松、翱翱、范思绮、刘绍铭、蓝菱、陈幼石、黄孟文等，此外还有香港《明报》特派记者也斯、台湾《中国时报》特派编辑金恒炜和前往探访的香港三联书局经理蓝真、《广角镜》社长翟暖晖等。

聂华苓特别指出，这次聚会完全是纯文学性的，没有任何政治的企图，是超越了政府的，纯粹是写作人之间的一次交谈、交流，而非交锋。聂华苓主办的"中国周末"，提供了海峡两岸作家在第三地带——美国中西部爱荷华城首次接触的消息，轰动了海内外，被称为第三类接触。

我是1983年秋参加爱荷华"国际写作计

划"，那一年参加的大陆作家是吴祖光、茹志鹃、王安忆母女，台湾是陈映真和七等生。

这一届的作家都很投契，我与两岸作家都是老相识。陈映真、吴祖光、茹志鹃、王安忆是一见如故，他们之间的话题，无所不包，文学、历史、社会、政治都可以谈论不休。

其间吴祖光早年在重庆的一位远适台湾女学生，因政治原因与老师暌违三十多年，特地从台湾老远跑到爱荷华见恩师，聂华苓不但接待了这位"世侄女"，还安排了食宿，为这次师生的重逢举行了派对。女学生与恩师在第三国度相会，激动得热泪涟涟，所有在场的作家无不动容。

那个时候，东西德人民因政治之手强被隔离，老死不相往来。德国未被分割之前，有一对青梅竹马的小情人，因政治原因，各分东西。后来也在这一届的爱荷华"国际写作计划"意外重逢，两人相见恍如隔世，自此形影不离，他们的俪影遍及爱荷华城的树荫下和河畔，恍惚要唤回恋爱的青春。但是"国际写作计划"一结束，他们又要各奔东西了，离别的不舍，最令人黯然神伤！

爱荷华"国际写作计划"成为海内外作家温馨的家园——在这里没有斗争与不平，只有文学交锋与交流。韩国诗人许世旭说聂华苓、安格尔夫妇"把整个地球搬到安寓（聂家）"！我们从爱荷华"国际写作计划"认识聂华苓、保罗·安格尔，认识了世界的意义。

张充和与她的墨宝

朋友中，偶然机缘，得到民国名媛张充和女士的字，如获至宝。

张家四姐妹元和、允和、兆和、充和，个个擅长诗词曲画。

张充和是中国罕见的大才女，三岁已能背诵古典诗词，四岁开始临帖，五岁已写出一手好字。最初以颜体打底，后兼涉诸家，于隶书、章草、今草、行书、楷书皆能，蔚然成家。

她还工诗词、通音律、善度曲、擅吹玉笛。

她在中国古诗词、书画、昆曲、音乐等方面均有卓然的造诣。

20 世纪 40 年代，她在重庆主演昆曲《游园惊梦》，文化界为之惊艳，包括章士钊在内的文人雅士纷纷唱和，成为一时佳话。

我想不出中国当代还有哪一个才女可与之媲美。

张充和酷爱书法，她自称，在抗战时期的警报声中，她仍练字不辍："防空洞就在我桌子旁边，空袭警报拉响后，人随时可以下去。那时候什么事情都做不了，我就练习小楷。"在烽火年代，她认识了书法家沈尹默。"沈先生搬到重庆乡下歌乐山，当时我在青木关，距离比较近。一年中有几次，我坐着运输汽车，拿自己写的字给他看。每次到沈先生那里，总是帮他拉纸研墨。"

才气横溢的张充和加上对学问追求的锲而不舍和勤奋，业师沈尹默曾用"无所不能"予以嘉许。

早年张充和在美国耶鲁大学开设艺术课，教授书法，深得师生敬爱。20世纪80年代，曾向余英时先生提到萌生倦勤、退休之心，余先生立即写了一首诗加以劝阻：

充老如何说退休，无穷岁月足优游。

霜崖不见秋明远，艺苑争看第一流。

20世纪80年代初负笈纽约大学，曾趁空跑去看望耶鲁大学郑愁予一家。其间愁予也曾引荐过充和女士，年届古稀的她，仍然那么娴雅逸致，那一朵灿然笑靥一直嵌在脑海，仿佛一朵盈盈漾漾、抖着晨露的白莲，澄澈、明亮。

那次匆匆一晤，竟忘了当面向她讨一张墨宝或留影什么的，以留个纪念。不免耿耿于怀。

近来在耶鲁大学任教的苏炜兄频频在笔下提起九十七岁高龄的张女士的近况。去年仲秋，苏炜兄途次香港返内地，在饭局我谈起这起遗憾事。苏炜兄说可以请张女士为我写一帧字。但年纪毕竟太大了，最好由我准备好一段文字，请她临字。

我立即想起朱熹《观书有感》的诗：

半亩方塘一鉴开，

天光云影共徘徊。

问渠那得清如许，

为有源头活水来。

果然不久，苏炜兄立即挂号寄来张女士的一帧两英尺斗方的小楷。九十七岁老人笔下的字，力透纸背，格调逸致，气韵宛在，不减当年。

听说迄今已高龄的张女士，仍然每天临摹不辍，令人肃然起敬。

朱熹在饱览群书后，心中泛起新意，与半亩方塘的活水不期而遇，于是谱下了这阕千古传诵的诗篇：用澄澈的心灵，来欣赏曾随处可见的风光，更点出生命的美好，来自永不枯竭的活水。这与乎张充和的书法，可谓相得益彰。

陈之藩的点滴

陈之藩先生逝世后，一直在找他的夫人童元方为我编的杂志写稿，却音讯杳然。打电话没人接，发邮件不回音，后来干脆给她寄了一封信，信也不复，只好干着急。

陈之藩先生是《明报月刊》的作者，他晚年的很多文章，特别他写的爱因斯坦文章，都是在这里发表。况且他的《旅美小简》一直是我负笈美国的良伴。他亲自签名惠赠的近著《时空之海》，一直放在我的案头。这本书有一段话，是我百读不厌，每读一遍便有所获的：

> ……我恍然悟到中立的真正定义：不是童话里的，不是梦想中的；不是字典中彰而显之的，不是列强嘴中堂而皇之的；

藩中风过二次。第二次中风是 2008 年，在韦尔斯医院躺了近一年。后来他嚷着回家，夫人童元方把他安顿在火炭山腰的家。

去年仲夏，我与一位友人特地去探望他。陈之藩的家坐落在火炭一个幽静山腰的小路：在绿荫的掩映下，屋前有一棵魁伟的红棉，开得灿烂，灼灼然，很红火，加上筛满一地烁烁闪耀的阳光，有点似置身在域外的况味。

元方引我们入屋。陈之藩打点滴，目光散淡，元方抚着他的头，说潘先生来看你。他眨了一下眼睛，嗡着嘴，就是说不上话，嘴角现出一丝微笑——一派烂漫。我为之一莞，也许彼此都感应到了。

元方白天要讲学，聘请了一个菲佣照顾他，下课后匆匆赶回家陪他。元方说，每天，他就盼着她回来。很温馨。加上一室的兰花，增添一份明媚。元方说，他喜欢花，特别是兰花。室内是色彩缤纷的兰花，窗外是一树火热的红棉。可见，这位耄期之龄的名学者兼名作家，内心充满阳光和汨汨温情。

科学与诗

陈之藩是科学家，他的文学根底很丰厚，写得一手好文章，令人钦佩。

陈之藩夫人童元方表示，"陈之藩曾说科学与诗很相近，科学界研究科学，与诗人踏雪寻梅的觅句差不太多。研究科学即是全世界的人共同唱和一首诗，最好的出来了，大家就另找一个题目。在陈之藩的脑海里，科学与诗，并没有什么分别，均在觅句。用陈氏自己的话说：'科学原来像诗句一样，字早已有之，而观念是诗人的匠心所促成的。'这里面只是对真的好奇与对美的欣赏"。

科学家写论文，不乏可以写得很有诗意的，譬如 2009 年获诺贝尔物理学奖的高锟，他在 2000 年写的三篇科学论文——《信息科技的展望》《生物科技的展望》《纳米科技的展望》，便是很好的科学抒情小品。

其中《纳米科技的展望》的《后语》有一段话，迄今还徘徊在我的脑海——

也许有一天地球会被一颗陨石撞毁，也许有一天太阳会冷却，变成一个黑洞。一切复归沉寂，有谁会知道人类曾经存在？但人类的精灵会存在于宇宙间，在下一次导成肉身时重现，我想，到时我们也许会再次相聚，细诉离情呢。

科学家像常人一样，也是感情的动物，也有喜怒哀乐，也有七情六欲，他们也关心社会、人群，把他们的情感诉诸文字，往往比起舞文弄墨的文人，更准确、更达意，所以也更扣人心弦。

陈之藩在《科学家的苦闷》(《旅美小简》) 一文中，写了爱因斯坦逝世前的苦闷：

现在到了这样一个阶段，科学家的任何一个小改进，其力量都足以震撼整个地球。埋首的科学家于此不能不有所思考了。因为整个人类的命运把握在他们手里。所以在一九五二年，爱因斯坦曾慨乎言之：现在的专家教育不是教育，否则，专家岂不是训练有素的狗。他之所以反对教育太过专门，即是怕整个人类会因为他们的无意识的行为而受害。然而什么才是通才教育，他没有说，因为他想不出一个方案来。

爱因斯坦的苦闷，是科学家所共同面临的问题：科学家的发明，往往被政客或功利社会所利用来作损害人类利益，或破坏和平、践踏生态、摧残学术的工具。所以爱因斯坦的苦闷是一个总源头，并席卷着科学界。

"科学的苦闷"本身便是文学题材。科学与文学原来并不在两条并行的轨道，而是一为二、二为一的有机体。对于陈之藩来说，也是这样。

说到爱因斯坦，陈之藩无不眉飞色舞，他曾提到，当年米列娃给爱因斯坦的信中，有一段话，既科学又富有诗意——

　　我认为人之无能了解无限无穷这一观

念，不能归咎于人类头颅结构之过于简单。人是一定可以了解无限的，如果在他年轻正发展感知能力的时候，容许他冒险进入宇宙，而不是把他禁锢在地球上，甚至局限于穷乡僻壤的四壁之中。如果一个人可以想象无穷的快乐究竟是多大快乐，他就会了解无限的空间究竟是多大空间——我想空间比快乐应该容易理解得多。

据童元方透露，正是这段话，启发了陈之藩于 2002 年在美国麻省剑桥所发表的一篇很有创意的科学论文：Poetic and Scientifc Representation of Infinity: A Wavelet Approach to the Impulse Function。大概可以译成："诗与科学在'无穷大'上的表现方式：以小波方法看脉冲函数"。

陈之藩的咏叹调

陈之藩代表作《旅美小简》原来发表在哪一份刊物上？相信很多人不大了了。据陈之藩透

露，他的文章最先是发表在由雷震主持、聂华
苓编的《自由中国》杂志。

2004年初，《旅美小简》在香港出新版时，
陈之藩给我寄了新书，并在扉页上写了以下一
段话：

> 耀明先生：半个世纪前的旧作了，是
> 华苓当编者时逐期给她写的。而今，我连
> 她的地址也不知道，请告诉我好罢。我的
> 朋友巴壶天有句诗：
>
> 家国廿年云万变，摩挲一卷梦重温。
>
> 之藩　二〇〇四年三月十八日于中大

有道是千里马易找，伯乐难求。陈之藩这
匹文坛的千里马，是被聂华苓这个伯乐发现的。
可见聂华苓的独具慧眼。聂华苓除了发表陈之
藩从美国寄来的二十六篇书简，还介绍给出版
社出版。

陈之藩在《自由中国》写《旅美小简》，很

快获得口碑，为青年读者所喜爱——

这二十几封苦闷愁人的短信，投出去后，得到的复信可真多。多半是年轻的朋友们，有的在帮助我叹息，有的在询问我短长，最动人的还有一个小朋友，为了这些信，竟从那半个地球来看看我。

我感谢这些知音，尤其是在这个时代，"别后寄诗能慰我，似逃空谷听人声"。我不会作诗，但，如这些信到朋友的手中，也会带给朋友们一些静寥中的欢喜，那是我太大的欣快了。

陈之藩虽然是读电机系的，却是一个典型的文艺青年。20世纪40年代，陈之藩曾与胡适通信，1948年6月，陈之藩在雷海宗所编的《周论》上发表长文：《世纪的苦闷与自我的彷徨——青年眼中的世界与自己》，其新颖的见解得到金岳霖、冯友兰、沈从文的激赏。

同年，陈之藩在台湾当实习生工程师。陈

之藩后来在台湾编译馆自然科学组担任编审，编译一些科学小书。陈之藩的文笔受到人文科学组的梁实秋的赏识，并被视为天才。陈之藩亦和同好办了《学生》杂志，担任科学栏主编，也在文艺栏翻译英国的诗，这就是后来出版的《蔚蓝的天》。

陈之藩之负笈美国，全得力于胡适的帮助。1954年胡适拿两千四百元美金资助，充当陈之藩赴美国留学的保证金。

为筹集路费，陈之藩写了一本物理教科书，得到稿费后，1955年春才成行留学美国宾夕法尼亚大学。留美期间，聂华苓在《自由中国》半月刊担任编辑委员与文艺栏主编，向陈之藩邀稿。

陈之藩在美国求学期间，也许是受到文化震荡（culture shock）的影响，心情是忧郁的。他自我表白道："有一个诗人，作了一首诗，他说这个时代就是块荒地。到处是怒吼的雷声，却没有一滴雨；人们为雷声所震聋，却被无水所干毙。除非是不知不觉不闻不问的幸福人，在这个复杂得可怕而又空虚得可怜的时代，有这种同感的人很多；我也是其中之一。"

钱锺书说，文学作品是发愤之作，悲苦之言。陈之藩说，他写这些作品，是心有所感而秉笔直书的。他既感不出将悲观情绪传染给人是否道德，"也不计较将忧郁气氛侵蚀自己是否合算，但求一吐为快而已"。

然而，陈之藩"这二十几篇小简变成了一个寂寞旅人在荒村静夜中的叹息声"，将属于中国文学史上一曲难忘的咏叹调！

陈之藩散文写得美，他的译文也是妙笔、也生花，玲珑剔透，引人入胜。

读译文，最怕是硬译或直译，恍如抚触石头，是冰冷的，缺乏生意。

好的译文要做到信、达、雅。严复指出："译事三难：信、达、雅。求其信，已大难矣！顾信矣，不达，虽译，犹不译也，则达尚焉。"其实，达到这三个的要求，翻译便是一次再创作了。反正，译者笔下要灵动，读者才能心动。

陈之藩译文可以说已臻信、达、雅的境界

了。陈之藩的译文与他的散文一样，是流丽的，华彩满溢。

从以下陈之藩所用两句简洁的话，来阐述西方科学广义的相对论，便可见其余了：

> 空间作用于物质，告诉它如何运动；
> 物质作用于空间，告诉它如何弯曲。

生活的科学术语，在他的巧笔点化下，成为有形的思维，勃然生色。难怪童元方这位哈佛博士，也为之倾服不已——

陈的脑袋是怎么长的呢？有时令人惊异到恐怖的地步。就是当代科学家的作品经他译出时，竟有这么晶莹的汉字词语，如此自然地流泻，似山间的瀑布。水的内容是相同的，不同的是外在的形式，美得玲珑。

提到陈之藩的翻译，非把他翻译的圣卢西亚的诗人沃尔科特的《戏完幕落》抄录出来不可——

——《戏完幕落》——

人间万事，世间万物，

并无所谓爆炸。

只有衰竭，只有颓塌。

像艳丽的容颜逐渐失去了光泽，

像海边的泡沫快速地没入细沙。

即使是爱情的炫目闪光，

也没有雷声与之俱下。

它的黯淡如潮湿了的岩石，

它的飘逝如没有声息的落花。

最后，所留下的是无穷的死寂，

如环绕在贝多芬耳边的死寂：

天，是无边际的聋，

地，是无尽期的哑。

英文原文是这样的——

—Endings—

Things do not explode,

they fail, they fade,

as sunlight fades from the flesh,

as the foam drains quick in the
sand,

even love's lightning flash

has no thunderous end.

It dies with the sound

of flowers fading like the flesh

from sweating pumice stone,

everything shapes this

till we are left

with the silence that surrounds
Beethoven's head.

陈之藩已随风飘逝，属于他个人的人生戏
也落幕了。于他来说，天地已是无边的聋、无
尽的哑，但他的文采风流仍然流淌在读者、在
你我的心间。

陈之藩的春风十年

　　并不是我偏爱他，没有人不爱春风的，没有人在春风中不陶醉的。因为有春风，才有绿杨的摇曳；有春风，才有燕子的回翔。有春风，大地才有诗；有春风，人生才有梦。

　　春风就这样轻轻地来，又轻轻地去了。

　　这是陈之藩在胡适逝世时写的悼念诗，移之于陈之藩的身上也颇适合，他的作品也是读书界的一股温润的春风，他悄悄地走了，他的作品还在，仿如春风的轻拂。

　　承陈之藩先生夫人童元方惠赠她在台湾三民书店出版的近作《游与艺》。我特别感兴趣的，是压卷篇《游与艺之外——我看陈之藩》。作者在这里透露了她对陈之藩从仰慕到相识、邂逅、相爱的过程。

　　台湾有很多人是看陈之藩的文章长大的，

童元方也不例外，她在读台北某女中的时候，就到书店打书钉。她发现书架上陈之藩的《在春风里》，便爱不释卷，"于是，每天放学，就到这家书店去，一篇一篇地看"（童元方）。

童元方还把《在春风里》陈之藩谈悼念胡适的文章的词句抄录下来。她写道："这是音乐呢，还是悼辞？我迷茫而又仰慕。"童元方后来涉猎了《旅美小简》，为陈之藩高华而清丽的文学所欣服。

那时候，陈之藩这三个亲切的字，已在童元方的少女情怀中泛起微澜。照童元方自己的话说是："也许是我自己在叛逆的年龄，朝夕面对升学的压力，缠绵病榻的父亲，含辛茹苦的母亲，看陈先生的文章成为一种仪式，可以净化心灵；又因为陈先生炼字造句，没有模棱之词，不作非分之语，每一下笔，皆有其自身的力量。"

陈之藩的优美行文中的段落，嵌在小童元方的脑中，印在她的小小心灵上。印记中最深也许是陈之藩对俗澗尘世的悲情之叹："夕阳黄昏，是令人感慨的；英雄末路，是千古同愁的。更何况日渐式微的，是我们自己的文藻；日趋衰竭的，是我们自己的歌声；日就零落的，是我们自己济世救人的仁术。我欲挽狂澜于既倒，愤末世而悲歌，都是理有固然的事。"陈之藩富诗意的慷慨悲歌，引起年轻人广泛的共鸣！

以上这点点滴滴的文化情怀，已化成小童豆蔻年华中的养分。

有情人终成眷属，是一句老话，却在陈之藩、童元方的身上应验了。

20世纪90年代童元方遇到陈之藩的一刻，就已注定终身了！两个人产生了同一的感怀："就像天地都要过去，一生都白活了。"那时候，两人都各自有婚姻。他在波士顿大学做研究，童元方在哈佛念博士，两人在查尔斯河旁边散步，他买一份报纸，却又嫌新闻写得差，理所当然地搁在童元方手上，请她速读后再做现场新闻简报。慢慢地，他喜欢听她说话，最爱她朗诵诗句。到最后，听她解释诗的角度与内容，就觉心花怒放。这是两颗契合紧扣的心灵，大有天荒地老之概！

1997年时，陈之藩被童元方当时的丈夫在台湾控告妨害婚姻及家庭，该案被检察官以不起诉处分。法理不外人情。这位法官知道情之所至，恍如潮水掩至，是没有法律根据的。后来陈之藩的前妻逝世，童元方与前夫离婚，两人终于2002年在美国拉斯维加斯举行婚礼。

事后陈之藩表示，他那一刻的感觉像活在梦中："我以为人生要落幕，怎么又敲起锣鼓来！"

两人的结合，是人生路上一段既短暂而又动情的黄昏之恋，直到陈之藩逝世，两人相厮守了十年。这区区十年的"梦中情"，比别人的一生一世还刻骨难忘！

1997 年获亚细安文化奖；

1998 年南洋理工大学授名誉文学博士荣衔；

1998 年任中国福建泉州黎明大学荣誉校长；

1999 年逝世。

从以上潘受逝世前的十三年间年表可知，潘受干了大半世纪的事业，才在世人面前浮出水面。

在 1985 年法国人颁给大奖状之前，潘受在新加坡并没有受到应有重视，也没有获颁授任何大奖状。

如果没有 1991 年获法国政府颁给的文学艺术勋章，此后，潘受肯定不会在自己国度获得那么崇高的荣誉。

无他，这是"外销转内销"的典型例子。新加坡毕竟是一个华人社会！

即使这样，潘受逝世后，十三年过去了，连一个纪念馆也没有。

这也要怪他的不肖儿子，在他逝世后，他的儿子把他的寓所——"海外庐"，以及他的所有墨宝连同他收藏的字画卖掉。可笑的是，他儿子是一个收入丰厚的医生。

但是政府及民间为什么不抢救？我是一直为此愤愤不平。

三年前，我向新加坡南洋理工大学高级研究所所长潘国驹兄提出筹建潘受纪念馆的设想。

我跟潘国驹兄说，新加坡连一个潘受纪念馆也没有，太不像话了。

潘兄颔首认同。

三年后，潘国驹兄来函，说在我的建议下，他正筹备"潘受百年纪念研讨会"，他要我代邀请几名内地艺术家和学者赴会，我一口答应。上月31日，"潘受百年纪念研讨会暨展览"在新加坡举办。

潘受的人文风流

以下是我在新加坡"潘受百年纪念研讨会"上的发言——

有一位文友问我，为什么为此次潘受研讨会奔走，我半开玩笑地回答他：因为我姓潘。

其实，我与潘受先生的关系不仅仅是姓潘那么简单。

我的办公室一直悬挂着潘受先生的一帧条幅，以为座右铭——

条幅的内容是：

心信其可行则移山填海之难亦终有成功之日

右孙中山先生遗教之言

耀明宗贤弟属为书以点诸座右即乞正挽

癸酉季冬客之潘受

这是我要他写给我的励志墨宝。他在与我来往的书信，一律称我是"宗贤弟"。

我与潘受先生份属同乡，要套交情，还有一层宗亲的关系，非同一般。

三年前，我受邀请到新加坡参加一次文学活动，与潘国驹兄谈起，潘受身后连一个纪念馆也没有，不胜感慨！

国驹兄要我在海外呼吁一下，希望引起有关方面的注意。

我返香港后，写了文章，也呼吁一下。可是文章刊登后，如泥牛入海，连一点涟漪也泛不起，我大失所望。

当我有点心灰意冷之际，今年初，倏地接到国驹兄的电子邮件，在他的努力下，新加坡南洋理工大学高等研究所和南大文学院，将联合举办"潘受百年纪念研讨会"，令人振奋。

这是一个良好的开端。

正如潘受先生写给我的孙中山遗教："心信其可行，则移山填海之难，亦终有成功之日"。我相信，关于"潘受纪念馆"的建议，假以时日，通过有心人的共同努力，"亦终有成功之日"。

潘受俨然是华人文化社会一棵参天大树，他的道德文章，包括他对新加坡文教事业的贡献，他的文学艺术成就，都令人仰之弥高。

潘受先生不仅是新加坡的"国宝"，也是华

人社会的"瑰宝"！

潘受先生经历抗日烽火的年代，在风雨如晦的岁月，作为一位手无寸铁的文人，他以笔当枪，鞭挞暴虐黑暗，追求正义光明。他是一个与时俱进、风骨铮铮、光明磊落的人。难怪钱锺书先生许为"大笔一支，能事双绝"。大笔者，正义之笔也；"双绝"乃指潘受的诗、书法，别出蹊径，堪称妙笔。

潘受才气纵横，目光敏锐和睿智，不论写文、写诗，不论古体、律诗、绝句，无不深造其极。

潘受崇高的人格，丰赡的才学，是华人社会的楷模！

《指月录》记载一则禅话，说"青青翠竹，尽是法身；郁郁黄花，无非般若"，有人认为潘受是真如本性与般若智慧的化身。这一说法，一点也没错。

这则偈语，以翠竹黄花象征佛身充满万事万物，般若智慧充盈世界天地。满山翠竹青绿，处处黄花灿开，则春美秋好，愿景无限，土地与住居一片欢喜，生命显得富足长安。

这正是我们所孜孜追求的精神家园的境界。如评者所说，潘受是以天纵之才情和智慧、胸中包罗万有之学识为人为诗为文为书法的。

毋庸置疑，潘受是一本厚重的大书，我们今天刚刚打开这本大书的扉页，还有待有心人去探研和发掘。

最后，我想在这里再呼吁一下，希望有关当局，社会有心人一起来共同筹建"潘受纪念馆""潘受研究学会"，甚至建立基金会，设立以潘受命名的"潘受文化艺术贡献大奖"，表彰华人社会对文化艺术有杰出贡献的佼佼者，让潘受的人文风流得以承传和发扬！

记蔡澜的父亲、诗人柳北岸

2011 年 6 月，香港城市大学艺廊展出我收藏的现代文人字画，我在整理文化人书信时，发现有多封蔡澜的父亲——蔡文玄先生的信札。蔡先生的信谈到不少关于郁达夫在新加坡的行迹，不乏少人闻问的资料。

蔡文玄与柳北岸

蔡文玄先生是邵氏影业公司新加坡分公司的经理，业余写诗、作文，笔名柳北岸。20 世纪七八十年代我读过不少以柳北岸为笔名发表的新诗和文章，大都在新加坡《南洋商报》《星洲日报》登载过的。我当时也偶尔给《南商》和《星洲》写稿。那个年代，《南洋商报》及《星洲日报》都是销路颇广、口碑甚佳的大报，两报都拨出较大篇幅做文艺副刊，名家荟萃。

柳北岸的诗，较工整，重押韵，清丽潇洒，朗朗可诵，诗风比较接近五四时期的白话诗。因他足迹遍及世界各大名胜古迹，也遗下不少游记和旅游诗。

论者认为，柳北岸写的虽是白话诗，但十分严谨。他曾写了长达一百四十页的叙事诗《无色的虹》。有人认为他的诗风与早年内地诗人孙毓棠较接近。20世纪40年代，后者曾写了一首题为《宝马》的长篇叙事诗，轰动一时。

柳北岸的诗是典雅的，也很有韵味，记忆中他有一首《故居的告别》，便很让人回味的，兹摘《故居告别·序曲》其中的一段：

> 许多年来朝夕相守，/而今你却为我筹下一笔路费，/让我带走了庭中胡姬，/留下了青春石磊，/你默默无言接受告别，/教壁上的绿苔表示怨怼，/恕我这个无能主人，/对搬来搬去没有是非。
>
> ——《梦土》

"梦土"及"故居"都是令人牵魂萦绕、拂之不去的文字符号，故居与故乡一样，都只能在午夜梦回中寻觅的。

文玄先生在给我的信中，也透露他务实的文学主张。他在 1981 年 10 月 22 日给我的信件中特别指出："当新加坡在战前属于中国文化之尾闾，写作人之学习写作，大多模仿中国之作品，即使幼稚一点，亦有可读之处。迨至近十年以来，在报刊上读到者，年轻人十之八九多受台湾灰色文艺所影响，即造句遣词，亦有照搬者，真教人为之扼腕。因此之故，我每次读先生对国内写作人之介绍文章，认为功不可没。"

当年拙著《当代中国作家风貌》出版，曾寄他指疵。

蔡澜是搞电影出身，20 世纪 80 年代后期才在香港报刊写专栏成名。蔡萱是新加坡广播界制作人，拍过多部电视连续剧，业余写作。他们的父亲的文名，比起他们更远早得多了。

《新加坡华文作家传略》在介绍蔡澜时，特别提到蔡澜的艺术受到画家刘抗及冯康侯的影响，我相信他的文学艺术更早是受到其父的影响。文玄先生写得一手好字，他给我的信，都是用小楷毛笔书写，行文流丽飘逸，别饶笔趣。蔡澜的书法也有文玄先生的遗韵。

曾与郁达夫对门而居

与文玄先生的通信始于 20 世纪 70 年代末 80 年代初。那时，我在香港三联书店任事。书店正与花城出版社策划合作出版《郁达夫文集》和《沈从文文集》。其间也曾向他打听过郁达夫在星洲的行迹。

文玄先生听到出版《郁达夫文集》消息，很是振奋。

他来信表示："关于郁达夫先生之文集等，先生之出版社将予以出版，甚慰。在战前，弟居中波路，与郁对门而居，彼此亦常往来，当时确存有郁氏全家照片以及彼与李小瑛之合照多张，惜于旧居中先后散失殆尽，但对于郁氏之遗墨，弟与友人当存有三数张，兹待拍照片之后，当即奉寄。"云云。

他还写道："新马作家中有郑子瑜、李冰人、吴之光等数人曾编辑郁氏文集，至于专门研究郁氏作品者似乎不多，所缺少郁氏的遗文，弟将拜托友人找寻，倘能找到，自当续寄。"

文玄先生是一个古道热肠的人。他曾为此事奔走，向新加坡专治文学史料、文坛耆宿方修先生等人查询有关郁氏的资料。

提供郁达夫写的横匾照片

他在另一封信指出，他发现郁达夫早年在《星洲日报》为鲁迅逝世三周年发表的文章，可惜《星洲日报》的合订本在战时已毁。他在1982年3月18日给我的信，侃侃而谈星马著名学人许云樵先生的东南亚研究所，"存有全套，可惜许先生去年逝世，该馆所存之中西书籍数万册，已售与星洲商人许木荣君。本来，许君自称将在星寻一适当房子，以便设立许云樵先生之藏馆，但迄今全无消息，说该批今古书籍装箱后存于许君之栈房，目前为彼借出，已甚困难"。

文玄先生来函曾提及新加坡的星洲书店横匾是出自郁达夫的手迹。他还特地跑去拍了照片、冲晒后连底片寄给我。照片合共二份，让我收到后寄一份给郁达夫的侄女郁风，可见他的细心和周详。

文玄先生给我其他的函件，还提到若干中国的文化人、作家，包括沈从文、胡风夫人梅志、沈从文先生助手王亚蓉女士。

其中，他还向我特别推荐获"金牌奖"的新加坡小说作家谷雨。当年新加坡出书较困难，他在香港为其介绍出版社，印刷费则由他独力承担，并叮嘱代发行。

彼时，香港出版社及读者对新加坡作家讳莫如深，在出版上存在不少困难。难得的是文玄先生不惮其烦、隔岸代寻出版社，出钱出力，务必促成其事不可，其对文化的热诚，感人至深。

恂恂儒者风范

文玄先生在来信中，还预订了两套《郁达夫文集》，说是一套自己保存，一套送给朋友，书款都是由蔡澜转给我的。

蔡文玄，1904 年 6 月 12 日广东潮安出生，在中国时，曾在新闻界和教育界服务过。1936 年南来新加坡后，曾任邵氏电影公司中文部主任。除柳北岸，其他笔名还有杨堤、秦西门、白芷、朱贝等，他分别以这些笔名发表新诗、散文、小说，又用李村为笔名撰写电影剧本，以诗歌闻名。已出版的作品有诗集《十二城之旅》《梦土》《旅心》《无色的虹》。他曾经担任过新加坡作家协会主席，为新加坡写作人协会顾问。

蔡文玄于 1995 年逝世于新加坡，享年九十一岁。与蔡夫人不一样，文玄先生生活十分严谨，印象中是烟酒不沾，而蔡夫人则无酒不欢，蔡夫人每次赴宴，必自备洋酒，她经常从手袋掏出一个小酒壶，自斟自酌，我们都称她为女酒仙。蔡澜这方面大抵受到母亲影响较多。蔡夫人则年逾百岁才仙游。

文玄先生正职是电影公司的主管，但是他的举止行迹有恂恂的儒者风范，他更像一个读书人和文化人。

我与酒神

我醉君复乐，陶然共忘机。

我之喜欢喝酒，源自家教。

想昔年当我还是毛头小子的时候，先父教训：平时少喝汽水，可以喝点酒。原因是汽水乃生冷之物，败坏肠胃；酒则是阳刚之物，有益气行血之功。

先父虽目不识丁，算术却顶呱呱，算盘打得滴滴响。只见他把手指一拨，轻巧如调弦，精确如今天的电子计算机。此外，不识"大"字为何许（父亲的口头禅）的他，却在菲律宾营起商来，做得有声有色，比书塾出身的叔伯更来得精明和具备生意头脑。

父亲自有父亲的权威，父亲的话，不一定句句是真理，但在我幼小的心灵，父亲的每一句话，几近真理，我是俯首帖耳的。

喝酒是一例。父亲每晚就寝前，必喝它几盅，随手也倒少许给我。起初喝酒，很不是滋味，如灌药水，我一沾唇，便囫囵吞下，只觉如火攻心、头胀耳热、脸红心跳、泪盈满眶。我生性倔强，心中念头一闪：自古赳赳武夫如武松、张飞，满腹经纶如李白、杜甫，哪一个不是酒中豪杰！每想及此，冒上来的热气消退了，急促的心跳平复了，胸臆充弥着堂堂男子汉的干云豪气。

所以学喝酒在我来说，比读书上学容易得多。

当年我不过十岁，已懂得把酒持螯，这该算是酒中神童吧。

父亲喜欢喝家乡土酿，譬如五加皮、高粱、玫瑰露等酒。偶尔也喝威士忌，但极少喝白兰地。

父亲好杯中物，想来也有因由。他十二岁便背井离乡，远涉重洋，在异国挣扎求生。早年华侨的血泪生涯，他都尝遍了。

异国的孤绝，思乡的殷切，所谓"孤客一身千里外，未知归日是何年"。只有杯中物能聊解千般寂寥、万般愁绪。

我虽爱喝酒，但酒量并不大。由于好胜使然，从不曾当众醉倒，也不曾借酒行凶或借酒骂街，所以酒品甚好。

记得早年年少气盛，偶尔也与朋辈斗酒。二十多年前，我在某报任事，报馆的一位记者来挑战，并且要求喝一种与别不同的酒——三蛇酒（除了三蛇，还浸了十多种中药材，取其味道又苦又涩又难入口的一种），每人一斤，佐以花生米。

对方喝了大半斤，一张脸已涨红如猪肝色，不用多久，晃一晃身，便四脚朝天，扑倒在地。我则坚守阵地。虽然越喝越反胃，但越反胃越是要装作若无其事，越要表现出神闲气定，豆大的冷汗涔涔而下挂满额头。我当时已近乎虚脱，只好默诵"坚持就是胜利"六字诀，终于拼力捱完了最后一滴酒。

在同事的鼓掌声中，我已是酸水上涌，肠

鸣如雷。在凯歌声回荡中，我二话不说，飞快跑出拦计程车回家。一迈入房门，天旋地暗，胃中物立即倾巢而出，呕得满床满地。

当时我新婚燕尔，其狼狈之状可想而知。从此一听到"三蛇酒"，便条件反射，不敢造次。

自从体验过醉酒的滋味后，再不敢轻言与人斗酒。此后，也再没有历史重演。

其实真正享受喝酒的人，一般都留有余地，最舒服是喝至似醉非醉，渐入佳境，便有飘飘欲仙之意。古时李白每醉为文，未有差误，被许为醉圣，想必是这种境界。不然，已喝得酩酊大醉，何来握管作诗之雅兴？

我的好朋友之中，以诗人郑愁予和韩国诗人许世旭最擅喝。不仅酒量豪，酒品也好。

1983年愁予与我一同参加新加坡第一届"国际华文文艺营"，出席应届文艺营的人尚有来自美国的聂华苓、於梨华、刘大任，来自台湾的洛夫、蓉子和吴宏一和大陆的艾青、萧乾、萧军。

临别的前夕，当地富贾连中华先生邀宴于

新加坡一家豪华的夜总会。是晚席上有茅台酒供应。临别依依，愁予酒兴大发，与在座各人逐一干茅台。当晚，他一个人起码喝足两大瓶大号茅台。喝完之后，神情若定，并且朗诵一首他的新诗作，洒脱自如，赢得满堂喝彩声。

世旭虽是一个韩国人，但读过他的诗和熟悉他的人，不难发现他是"一个土生土长于中国土地的一个中国诗人"（蒋勋语）。因世旭是一个以第二国语言文字来写作而卓然成家的诗人和学者，在文学史上也是少见的例子。世旭除了用中文写诗，对中国的各种名酒，也知之甚详。他经常自称，中国的诗和中国的酒，是他的良朋益友。

二十多年前，他在台北留学，苦读之余，也不忘杯中朋友，甚至为了买醉而"囊空如洗"，有诗为证：

二十年前

周末在龙泉街

身上刚有一张十元

够解两张口的馋

一瓶长颈的太白酒是七块

剩下三元就有花生米和豆腐干了

诗人身上仅有十元，便闲不下来，硬是要学李太白，全部奉献给酒馆，憨得可亲，浪漫得可爱。这首诗便是收入在他的《我的浪漫主义》专辑中。

犹记得 1984 年参加美国爱荷华"国际写作计划"，秋深后所有作家均作劳燕散，唯独我留下来继续进修。偌大的五月花公寓顶楼，只剩下孤零零的我，真有点"云山万里别，天地一身孤"的况味，好不寂寞。那天，窗外下着纷纷的大雪，世旭却来了电话，说他正要驾车来接我到他家浮一大白，而他漂亮娴雅的夫人还准备了几个下酒小菜，我为之感极而泣。

有一天，天寒欲雪，我们的大诗人雅兴大发，建议携酒去郊外烧烤，约了我和聂华苓一道去。我们到了湖滨一处地方，迎面北风呼呼，冷飕飕的，砭人肌肤，我冻得直打哆嗦。由于风大，我们生的火，很快便被刮熄。生火不成，携去的一瓶伏特加已喝个干干净净。审时度势，唯有急流勇退打道回府，若果再作逗留，三个人不变成冰雕几稀矣。

后来我们在聂华苓的阳台架起炉火，烤韩国牛肉，喝聂家珍藏的贵州茅台，真是苦尽甘来，滋味无穷。不久，天下起了毛毛雪花，我们不禁乐得手舞足蹈。

在爱荷华期间，我们经常打聂家私藏佳酿的主意。聂家酒柜藏有不少好酒，特别是中国名酿，如贵州茅台、泸州大曲、山西竹叶青、绍兴酒和五粮液，偶尔还有金门高粱。这在美国中西部偏远的小镇，藏中国名酒之丰，简直不可思议。我们经常编派一些名目跑到聂家去煮酒论英雄，聂华苓以慷慨海量、恢宏大度著称，有好酒也不吝请客，公诸同好，使我们这些流落异乡的天涯客，可以借酒浇愁、行乐，排遣不少寂寞。

古希腊神话中的狄俄尼索斯（又译巴克科斯）是酒神和欢乐之神。希腊各地都建有神庙，每年都举行盛大的酒神节来祀奉他。普希金也有《酒神祭歌》的诗篇留下。

堂堂具有五千年悠久文化历史的中华，连一种纯吃酒的节日也没有，实在说不过去。有一次曾与世旭商量创办一个"酒节"，愿普天下好酒之人同一庆。

其实，懂喝酒、爱喝酒，不一定就是爱酒。世旭是真正爱酒之人。有一年他来香港，我们一干老朋友，柏杨老、柏老夫人张香华女士、彭邦桢，摆龙门于一家潮州馆，我购备一瓶茅台去。席间，我给世旭倒酒，不慎有少量酒溢出，他气急败坏（并无过言）地直跺脚，大叫好酒怎可浪费，我们不知他那么认真，全给他唬住了。

后来他才告诉我们，台湾诗人纪弦老先生，每当酒溢在桌上，还俯身用舌头舔干它。这个故事令在座的人（包括不喝酒的柏老）为之肃然起敬。世旭和纪弦先生才真正是爱酒之人。

诗与酒仿佛成了不解之缘，陆放翁有"百岁光阴半归酒，一生事业略存诗"之句。设使这个世界少了美酒，人生便减去不少欢乐，也变得单调乏味了。诗意与酒情是并存的。唐朝韦庄在乱世中与友人相遇，写下了"老去不知花有态，乱来唯觉酒多情"的诗句。世局动荡，不如意事常八九，只有酒樽可以长相伴，谁能说酒不多情！

探索生命之源

——记韩国版的"新愚公"

六年前，我在韩国外语大学朴宰雨教授和济州大学宋呟宣教授的荐引下，会晤了"韩国版的新愚公"成范永先生，并与他进行深谈。事后还在他开创的"思索之苑"盘桓了一整天，对他如何以愚公移山精神开天辟地、把源自中国的盆栽艺术发扬光大，很是折服，他的事迹对于现代人很能启迪心智。

盆栽新谈

韩国的现代愚公成范永夫妇，在原是石砾满布的北济州的一个乏人问津的荒地，花了三分之一世纪去开垦，硬把三万多平方米山石地，改造成一片花团锦簇的世界，培育出二千多个蓊蔚雄奇或空灵娟逸的盆栽，还栽种了一百多种郁茂葱葱的温带和亚热带乔灌树木，建立起世界唯一的盆栽公园。当我在成范永的引领下，进入这个宁谧而幽深的盆栽公园后，满目的翠绿和生机，旅途的劳顿为之涤荡。

在入口处，主人竖立一个大告示牌，上面大书"欣赏盆栽的方法"，有韩、中、英、日文对照，很有一番苦心，值得一录——

欣赏盆栽的方法：

盆栽枝叶茂时，要俯下身，自下而上地观赏。盆栽的形态是在长期的烈日严晒下形成的，人们只有俯身去看它，才会看出其中所蕴藏的含义。因此在盆栽前细赏的人才是懂得盆栽的人，而那些不肯低下身子，对盆栽评头论足的人一定是不懂盆栽艺术的。

赏盆三礼：

第一，请不要乱摸。因为你的手和体温会让盆栽感到吃力。

第二，请不要问价格。因为，为艺术生命所付出的时间和爱是无价的。

第三，请不要随意评价。因为盆栽中融了培育者的人格与认识。

观赏盆栽俯身从下往上看，看得较细致，有层次，如果居高临下，茂密的树叶容易把树枝遮盖了。从底下看，可以发现树木排列迥然不同，姿态各异。

好的盆栽本来是一件艺术作品，制作盆栽的主人，既然花了大心血，所以要求游人对盆栽的观赏，也须端正态度。主人其实在这里提出一个欣赏艺术作品的态度问题。

这个盆栽公园，既叫"思索之苑"，它展出的盆栽，境界便不一般。主人成范永说，有个别的学者，认为盆栽是扭曲了树木的自然生长状态，是残忍的做法。成范永却有他自己的见解，他认为真正意义上的造型与畸形化是不同的，它是以树木的生理与天性为基础，融会创作者的个性，以体现深远的意境。他说："没有人拒绝美丽，缠在盆栽上的那些铁丝，是为使树木线条更加优美而采取的一种方法，只是暂用于盆栽的造型，并不是阻止其生长。"

成范永表示，要把一株普通的树木变成美丽的盆栽，如果耕耘者不付出大心血，为它抚平岁月的伤痕，是无法成为艺术品的。成范永对真正盆栽艺术下这样的结论："如果我们对盆栽花木做的工作纯粹是摧残、扭曲，那么它们的结果必然是死亡。但是，它们并没有死亡，而是学会在有限的生活空间内生活下去，并生活得很好，达到了我们需要的美。这种现象给改造社会的人以启示：应该像制造盆景那样去纠正、制约社会上的不健康现象。社会上有许多事情，是需要我们去管理和矫正的。如果我们大家都养成这种习惯，对社会大有好处。"其实盆景的植物，在巧匠的装点下，可以在有限的空间，焕发无限的生机。那种在逆境下仍孕育美的顽强生命力，是很有启迪的意义的。

充满艺术的生命体

我常把盆栽称作"咫尺空间艺术"，因为真正的园艺家懂得赋予微型的盆栽无垠的意境空间和强大的生命力。"思索之苑"有不少高树龄的松树盆栽，其中有一棵一百三十多年树龄的陆松盆，苍劲的树干已龟裂，看似坏死，但在蜿蜒盘曲的尾部却长出一丛丛绿茸茸的松针。园艺主人把它构筑成悬崖式的盆栽，并取名"九死一生"，还附上韩国诗人《赏叶盆栽》的诗。诗写道："山中三尺岁寒姿，/移托盆心亦一奇。/风送涛声来枕细，/月牵疏影上窗迟。/枝盘更得栽培力，/叶密会沾雨露私。/他日栋梁虽未必，/草堂相对好襟期。"

换言之，园艺主人把盆景提高到文化层次，即使是一茎枯枝，经过精雕细琢，和优美文字的解读，倍添了苍古之美。主人把盆景公园起名为"思索之苑"，是贴切的。因许多盆景，主人都加以生动的批注，意在探究生命之源，如一棵老朽的百龄榆树，他作了这样的说明："这棵树的树龄为一百多年，这不是三棵树合在一起的，而是其树心因腐朽而空。本来，树的木质部分脆弱，表皮部分结实。树木的木质部分腐朽了才能有宽阔的空间，人也是经过操心、费心的历程，才能成为宽宏的人。"这些文字，隐含人生哲理。其中有一条说明，除了教人制作盆栽方法，还引申出一番大道理来，勖勉年轻人："用这种方法反复矫形，就会长出理想的形状。像一个人出生后，经过各种教育，经受种种磨难一样，树木在人的精心培育和爱护下才能有美丽的艺术形象。像制作盆景一样，美好的东西不是一蹴而就，需要时间，需要琢磨。"

"思索之苑"成了济州岛甚至韩国的新亮点。参观罢了，我们安坐在"思索之苑"餐厅，倾听成范永缕讲述盆栽的成园经过——

他生长在农村，以创造富裕农村为梦想，怀抱着"有志者，事竟成"的信念，因喜爱济州岛的自然美景，从 1963 年起，乘船前来济州三十余次，最后选定最偏僻的山地来实现他的梦想，并从1968年开始着手垦荒地。在石头和荆棘之中种植树苗是相当艰苦的工作，当时，此地还没有水电，他必须储存雨水、点着灯笼生活、工作。亲戚朋友等周围的人都觉得他疯了。

在开垦的时候，成范永才发现这里石头太多，环境并不如想象中的理想，而且他对盆栽和园林术一窍不通。很多人认为他干的是以卵击石的傻事，劝他回头是岸，不要自讨苦吃。可是这个成范永有兵阿哥的刚烈个性，他不理身边的人的苦劝或揶揄，在1974年干脆把户口也迁到济州岛，准备在这安家扎寨，去圆他梦寐以求的梦想。

成范永没日没夜地死命干活，把脖子也扭坏，只好返到汉城去住了五十多天医院。痊愈后，他又投身济州的事业。他的读护士毕业的妻子不放心，把孩子撂在汉城，来此地与丈夫并肩作战。内内外外，每天煮二十人饭，还到农场干活，累倒几次，也曾打退堂鼓，希望回汉城照顾孩子，但最后还是决定留下来与丈夫共甘苦。

成范永与夫人抱着一天工作二十五小时的决心，向种植树木的前辈请教技术，并购买所需要的材料。在这期间，他经历了许多错误尝试，也曾数次被石块压伤而住院，也有无数次陷入失意和挫折。但看到所种的树木日益成长，逐渐展现出美丽的姿态，他就感到欣慰。

有谁想到在二十年后，这对夫妇梦想成真，构筑了世界唯一的盆栽公园。离开"思索之苑"的时候，我想起英国作家赫胥黎的一段话："要意志坚强，要探索，要发现，并且永远不屈服，珍惜在我们前进道路上降临的善，忍受我们之中和周围的恶，并下决心消除它。"这是新愚公精神，也可以为成范永的成功作一注脚。